Gerhard Lang

So war es damals

‚drüben'

Erinnerungen

an meine Reisen als ‚Westbesucher'
nach ‚drüben' in die ‚DDR'
zwischen 1981 und 1990

Für Katrin

Prolog

„Gegenstand der Dissertation sollen das Leben und das politische Wirken des bisher kaum bekannten und wenig beachteten Preußischen Innenministers Fritz Eulenburg sein. Eulenburg war von 1862 bis 1878 fortdauernd erfolgreicher Minister und bedeutender Reformer unter dem damaligen Ministerpräsidenten von Bismarck.

So hat er durch die Novelle der Preußischen Kreisordnung von 1872 die Verwaltungsgerichtsbarkeit in Preußen eingeführt und die kommunale Selbstverwaltung, die es seit den Reformen des Freiherrn vom Stein durch die Städteordnung bereits in den Städten gab, auf das platte Land ausgedehnt.

Es ist daher ein seit langem bestehendes wissenschaftliches Desiderat, die Person und die für Preußen so bedeutsame politische und reformerische Tätigkeit des Innenministers Friedrich Albrecht Graf zu Eulenburg, wie er richtig hieß, durch gründliche Auswertung von Primärquellen einmal genau und umfassend zu untersuchen und ihn damit als bedeutenden Staatsmann mit seinen eigenen Leistungen und Verdiensten um Preußen aus dem Verborgenen, nämlich aus dem Schatten Bismarcks, hervorzuheben."

Mit diesen Worten umriss mir Professor Dr. Klaus Erradt den Themenkreis der von ihm gewünschten wissenschaftlichen Forschungen zu diesem Teil der Rechtsgeschichte Preußens.

Nach Abschluss meines zweiten juristischen Staatsexamens und dem danach erfolgten Eintritt als Regierungsrat z.A. (zur Anstellung) in die Schleswig-Holsteinische Landesverwaltung im Juni 1981 hatte ich mich schon gelegentlich mit dem Gedanken getragen, eine Doktorarbeit zu schreiben und damit zu promovieren.

Als ich dann von einem guten Freund und Studienkollegen erfuhr, dass die Sekretärin von Professor Erradt geäußert hätte, ihr Chef habe ein Thema zu vergeben und suche dafür einen Doktoranden, war mein Interesse spontan geweckt. Ich holte mir also einen Termin zur Besprechung, in dem Professor Erradt mir dann dieses rechtshistorische Thema zur Bearbeitung anbot.

„Zu diesem Thema werden Sie Quellen und Unterlagen im Archiv in Merseburg finden. In Merseburg befindet sich das Preußische Staatsarchiv, das zum Schutz der Bestände während des Krieges von Berlin dorthin ausgelagert worden war. Ich habe bereits die schriftliche Bestätigung erhalten, dass dort Unterlagen über Fritz Eulenburg vorhanden sind. Sie müssen also in die ‚DDR' und dort zu diesen Kernpunkten vorhandene Bestände des Preußischen Archivs sichten und auswerten.

Wenden Sie sich doch am besten an Herrn Thaller, einen Doktoranden, der hat bereits in Merseburg geforscht und kann Ihnen da weiterhelfen und nützliche Tipps geben."

Da war es also nun heraus: Ich musste in die ‚DDR' fahren, nach Merseburg. Bei diesem Gedanken kam bei mir Begeisterung nicht gerade auf. Spontan gingen mir in Sekundenbruchteilen diverse Bilder durch den Kopf: 17. Juni 1953, sowjetische Panzer und Schüsse auf Demonstranten, Mauerbau am 13. August 1961, Todesstreifen, innerdeutsche Grenze, Selbstschussanlagen, an Mauer und Grenze erschossene

Flüchtlinge, Reisende aus Westdeutschland willkürlich festgehalten und ... und ... und.

Auch scherzhafte Bemerkungen kamen mir in Erinnerung. Wenn nämlich in der Schulzeit die Lehrer nach den Sommerferien nach unternommenen Auslandsreisen fragten, wurden neben tatsächlichem Ausland wie Italien, Spanien oder Dänemark, regelmäßig auch Bayern und natürlich ‚DDR' genannt.

Aufgrund eines eigenen Erlebnisses hatte ich zudem selbst eine böse Erfahrung gemacht, ja, leider machen müssen.

Im Januar 1971 war ich mit einer Studentengruppe zu einem Studienaufenthalt nach dem damaligen West-Berlin gefahren. Wir waren in einer Jugendherberge am Askanischen Platz untergebracht gewesen.

Dabei konnten es einige Kommilitonen nicht lassen, abends bis nachts einige Stücke des Stacheldrahts von der nahe gelegenen Berliner Mauer herunterzureißen und uns dann voller Stolz als Trophäen zu präsentieren. Angeheitert hatten sie – vielleicht sogar unbewusst – ihr junges Leben aufs Spiel gesetzt. Sie hatten nicht bedacht, nicht zur Kenntnis nehmen wollen oder vielleicht auch gar nicht gewusst, dass die Mauer nicht die Grenze darstellte, sondern die Grenzlinie auf Westberliner Seite bereits einige Meter vor der Mauer lag. Wer an der Mauer stand, befand sich also unerlaubt bereits auf ‚DDR'- Gebiet, beging somit nach 'DDR' -Recht eine Grenzverletzung.

Ein während dieses Studienaufenthalts geplanter Besuch in Ost-Berlin verlief für mich damals äußerst unerfreulich.

Beim Sektorenübergang Friedrichstrasse wurde ich bei dem Versuch, mit Kommilitonen nach Ost-Berlin zu fahren, ohne erkennbaren und genannten Grund mehrere Stunden von der Grenzpolizei der ‚DDR' in einem Dienstraum festgehalten, durfte also diese lange Zeit weder in die „Hauptstadt der ‚DDR'" einreisen noch zurück nach West-Berlin. Man hatte mich quasi festgesetzt.

Ich erinnere den Grund für diesen Vorgang nicht mehr ganz genau. Es mag sein, dass ich auf die Frage des Grenzpolizisten nach meinem Reiseziel möglicherweise „Ost-Berlin" angegeben hatte, was natürlich einen ungeheuerlichen Frevel dargestellt hätte, anstatt „Berlin, Hauptstadt der ‚DDR'". Nach der Unendlichkeit von mehr als drei Wartestunden, in denen ich völlig unbeachtet geblieben war, wurde ich dann, quasi durch einen Gnadenakt der Grenzpolizei, nach West-Berlin zurückgelassen.

Eine willkürliche und rein schikanöse Behandlung also gegenüber mir als einem Westdeutschen.

Die ‚DDR' war somit bei mir natürlich deutlich negativ besetzt.

Gleichwohl akzeptierte ich spontan das Dissertationsthema und damit auch das Arbeiten in Merseburg und wurde damit von Professor Erradt auch sofort als Doktorand angenommen. Dazu hinterließ ich bei der Sekretärin Frau Büchner meine Personalien und bat um schriftliche Bestätigung der Annahme als Doktorand.

Mit einigen wenigen Unterlagen über den Thema gebenden Grafen zu Eulenburg verließ ich dann erwartungsfroh und auch ein wenig stolz als Doktorand das Professorenbüro und das Juridicum der Universität.

Einer meiner nächsten Wege führte mich zum nunmehr ja Doktorandenkollegen Wulf Thaller. Wir kannten uns vom Studium her, als Kommilitonen, nicht näher.

Wulf zeigte sich erfreut, dass ich die Arbeit von Professor Erradt angenommen hatte.

„Dazu musst Du nach Merseburg ins dortige Archiv. Ich war auch schon wiederholt da. Du wirst da wohl viele Unterlagen über Eulenburg finden, auch in den alten Preußischen Ministerialakten. Für Deine Forschungen benötigst Du eine Benutzungserlaubnis des Innenministeriums der ‚DDR'. Die Genehmigung muss vorher schriftlich beantragt werden. Dazu musst Du auch den Grund für die Benutzung angeben, also Forschungen über den Eulenburg für eine Doktorarbeit. Du brauchst auch eine Einreisegenehmigung. Alles muss beantragt werden. Außerdem musst Du eine dortige Unterkunft nachweisen können. Ich habe da in Merseburg privat gewohnt, bei einer Familie Schwisseler, sehr nette Leute. Dort könntest Du auch mal anfragen. Du kannst Dich auf mich berufen. Ich gebe Dir mal die Adresse und die Telefonnummer."

Beides wusste Wulf auswendig und diktierte es mir sogleich, ich schrieb eifrig mit.

Wenige Tage später reichte mir Wulf zudem die Adresse des Ministeriums des Innern der ‚DDR', Archivverwaltung, in Potsdam nach, für den Antrag auf Erteilung einer Benutzungsgenehmigung für das Merseburger Archiv.

Damit war ich nun schon um einige wichtige Informationen reicher und konnte deshalb in die ganz konkrete Vorbereitung meiner Forschungsarbeit in Merseburg eintreten.

Kapitel 1

Die Forschungen für meine Doktor-Arbeit machten also eine Fahrt nach Merseburg in der ‚DDR' erforderlich. Dazu begann ich nach Annahme als Doktorand unverzüglich mit konkreten Vorbereitungen.

Zunächst schrieb ich umgehend an Frau Schwisseler in Merseburg und fragte unter Hinweis auf Wulf Thaller an, ob ich für meine Arbeiten im dortigen Archiv auch bei ihr wohnen könnte.

Ohne die Antwort abzuwarten, beantragte ich sodann kurz darauf unter dem 06. September 1981 beim

Ministerrat Der deutschen Demokratischen Republik
Ministerium des Innern
Staatliche Archivverwaltung
DDR, 15 Potsdam, Berliner Straße 98 – 101

die Benutzungserlaubnis für das

Zentrale Staatsarchiv
Dienststelle Merseburg
DDR-4200 Merseburg, König-Heinrich-Straße 37,

für Forschungen im Rahmen einer Dissertation über Friedrich Albrecht Graf zu Eulenburg, und zwar für die Zeit vom

16. bis 27. November 1981. Neben meinen persönlichen Daten und dem beruflichen Status als Landesbeamter in
Schleswig-Holstein benannte ich als beabsichtigte Unterkunft die Adresse von Frau Schwisseler in Merseburg.

Und damit begann das Warten auf die beiden erhofften
Zusagen, ohne die ich keine weiteren Vorbereitungen treffen
konnte.

Nach ca. zwei Wochen kam ein sehr erfreulicher Brief
von Frau Schwisseler, in dem sie mir mitteilte, dass ich sehr
gern bei ihr wohnen könnte, auch ihr Sohn Heiko freue sich
schon auf meinen Besuch, so schrieb sie mir.

Große Erleichterung empfand ich durch diese positive
Nachricht, und ich war in zweierlei Hinsicht glücklich, nämlich, dass ich einmal die Unterkunft zugesagt bekommen
hatte und ich andererseits meine diesbezügliche Angabe gegenüber dem Ministerium des Innern der ‚DDR' nicht korri-
gieren musste.

Zudem war diese freundliche Zusage von Frau Schwisseler doch schon einmal ein erster, sehr positiver Eindruck
von der ‚DDR', von ‚drüben' eben, jedenfalls von Bewoh-
nern, Landsleuten nämlich, der meine Vorbehalte gegenüber
der ‚DDR' doch fühlbar reduzierte.

Frau Schwisseler hatte ich noch gar nicht gefragt, was
die Unterkunft bei ihr denn eigentlich kosten sollte. Ich hatte
es einfach vergessen und sie selbst hatte natürlich, wie ich
später feststellen sollte, in ihrer bescheidenen Art auch nichts
zu diesem Thema mitgeteilt.

Als kleine Vorbereitung auf meinen Aufenthalt schickte
ich vorab ein Paket mit einigen Nahrungs- und Genussmit-

teln, von denen ich glaubte oder aber mir vom Hörensagen bekannt war, dass diese Sachen ‚drüben' knapp seien und deshalb gern genommen würden. Bohnenkaffee, natürlich, an erster Stelle, dann Schokolade, Pralinen und andere Näschereien, in der Hoffnung, sie würden den Wünschen von Frau Schwisseler entsprechen.

Bei dem Inhalt von Postsendungen in die ‚DDR' war allerdings höchste Vorsicht geboten. Vor allem durften weder Konserven noch Druckerzeugnisse jeglicher Art, also Bücher, Zeitungen, Zeitschriften etc. versandt werden. Konserven konnten, da deren Inhalt nicht kontrollierbar war, Gegenstände enthalten, deren Einfuhr in die ‚DDR' verboten waren. Beim Packen musste ich sogar aufpassen, dass ich auch nicht aus Versehen oder Unachtsamkeit Zeitungspapier, wie bei uns sonst üblich, als Füllstoff und Polsterung zwischen die einzelnen Teile legte.

Es war ja hinlänglich bekannt, dass Pakete und Päckchen und teilweise auch Briefsendungen von den ‚DDR'- Post-Behörden offensichtlich nahezu durchgängig geöffnet und auf Zulässigkeit des Inhalts überprüft wurden. Man musste also bei der Auswahl der zu versendenden Teile und beim Packen äußerste Genauigkeit und Vorsicht walten lassen, sollte die Sendung überhaupt eine Chance haben, beim Adressaten und dort auch möglichst komplett anzukommen.

Hierfür bot allerdings auch ausschließlich zulässiger Inhalt keine vollständige Gewähr. Denn selbst solche Pakete erreichten nicht immer oder nicht stets mit vollständigem Inhalt ihr Ziel. Offensichtlich war die Versuchung bei einigen Kontrolleuren doch bisweilen zu groß, Teile des Inhalts für den eigenen Bedarf einzubehalten.

Hilfreich waren dabei die von der westdeutschen Bundespost herausgegebenen Merkblätter für Postsendungen in die ‚DDR', die Erlaubtes und Unerlaubtes genau auswiesen und säuberlich trennten, mit dem Hinweis, sich doch tunlichst streng an diese Vorgaben zu halten. Unbedingt erforderlich war dabei aber, dass man eine aktuelle Ausgabe dieses Merkblattes benutze, da sich die Einfuhrbestimmungen der ‚DDR' gelegentlich änderten und damit bisher erlaubte Güter plötzlich mit einem Einfuhrverbot belegt sein konnten.

Ich jedenfalls hielt mich immer streng an die Einfuhrvorgaben.

Kapitel 2

Es vergingen Wochen, ohne dass ich eine Antwort auf meine Anträge von den ‚DDR'-Behörden erhielt. Langsam wurde ich doch unruhig, da der geplante Abreisetermin schon sehr nah gekommen war. Ich bekam Bedenken, ob ich die beantragten Genehmigungen überhaupt erhalten würde. Wenn nicht, fiele dann die ganze Fahrt aus und damit möglicherweise dann auch die Doktorarbeit „ins Wasser". Zudem hatte ich natürlich für diesen Zeitraum längst Urlaub bei meiner Dienststelle beantragt. Mit deren Genehmigung hatte ich auch eine mehrseitige Anweisung über strikt einzuhaltende Verhaltensmaßregeln und Hinweise für den Aufenthalt als Landesbeamter in der ‚DDR' erhalten.

Besonders hervorgehoben war dabei der dringende Hinweis, sich nicht auf erotische Abenteuer einzulassen. Vermeintlich freundschaftliche Partner oder Partnerinnen in der ‚DDR' könnten nämlich, wie die Erfahrung vielfach gezeigt hatte, speziell auf die jeweilige Person angesetzte Stasi-Spitzel mit Auskundschaftsaufträgen sein. Man könnte sich gerade als öffentlich Bediensteter auch Anwerbungsversuchen gegenübersehen, im Westen für die Stasi-Behörden Spionagetätigkeit aufzunehmen. Auch diese Warnungen erfolgten natürlich aufgrund von vorliegenden Erkenntnissen und somit aus gegebenen Anlässen.

In einem Telefonat hatte Frau Schwisseler berichtet, dass in dem geplanten Zeitraum meines Aufenthalts in Merseburg Gewandhaus-Festtage in Leipzig stattfänden. Jubiläumskonzerte des Gewandhaus-Orchesters unter der Leitung von Kurt Masur unter dem Motto „200 Jahre Gewandhauskonzerte". Mit diesen Festtagen sollte das Gewandhaus nach gerade vollendeter vollständiger Renovierung wiedereröffnet werden. Sie fragte mich, ob ich Interesse an einer Konzertkarte hätte. Natürlich bejahte ich die unerwartete Frage sofort, woraufhin Frau Schwisseler zusagte, sich darum bemühen zu wollen.

Ich freute mich auf solch ein sicherlich außergewöhnliches Konzertereignis an bedeutender Stätte mit berühmtem Orchester und weltbekanntem Dirigenten.

Von Bekannten hatte ich gehört, dass die ‚DDR'- Behörden die Einreisepapiere oft bis regelmäßig erst sehr kurz vor dem geplanten Reisetermin zusenden würden. Diese Mitteilung beruhigte mich nun keinesfalls, da zwischenzeitlich bereits der Tag vor der vorgesehenen Abreise gekommen war und die eingegangene Post auch dieses Tages wiederum die erwünschten, ja herbeigesehnten Reisedokumente nicht enthielt. Und das, obwohl ich vor immerhin zwei Monaten die Einreise mit allen erforderlichen Unterlagen beantragt hatte.

Damit stand nun also für mich fest, dass ich das Unternehmen „Reise nach Merseburg" als gescheitert ansehen musste, jedenfalls für den beabsichtigten Zeitraum. Ich war jetzt natürlich erheblich verärgert und auch maßlos enttäuscht. Notwendigerweise musste ich meine Planung, am Anreisetag sehr früh aufzubrechen, da es ja bis Merseburg doch eine beträchtliche Fahrstrecke war, nämlich knapp 500 km, ohnehin jetzt schon endgültig verwerfen, denn ohne Papiere konnte ich ja gar nicht erst los.

Und so brach zu Hause in mir in gewisser Weise doch eine Welt zusammen. Sämtliche Planungen und Vorbereitungen für diese Fahrt waren also offensichtlich völlig vergeblich gewesen. Die Vorfreude, wenn auch nicht ohne Bedenken, wich tiefgreifender Resignation und zudem natürlich grundlegender Erbostheit, ja Wut, über die Willkür der ‚DDR'- Behörden, die mir nämlich weder eine Zusage noch eine Absage erteilt hatten. Es war überhaupt keine Nachricht gekommen.

Ich überlegte, ob ich Frau Schwisseler in Merseburg anrufen und ihr mitteilen sollte, dass ich mangels Erhalts der Einreisepapiere nun doch nicht kommen könnte.

Was mich letztlich von dieser Mitteilung abhielt, war die immerhin im Grunde doch noch positive Tatsache, dass ich bislang jedenfalls auch keine Absage oder Verweigerung der beantragten Papiere von den ‚DDR'- Behörden erhalten hatte. Wenn ich dieser unerfreulichen Situation damit gleichwohl etwas Positives abzuringen versuchte, so war diese Tatsache jedoch auch nicht gerade besonders ermutigend. Sie hatte für mich vielmehr das Bild des Ertrinkenden, der sich in seiner höchsten Not an den letzten Strohhalm klammert.

Gleichwohl legte ich mich am Vorabend der geplanten Abreise in der Gewissheit aufs Ohr, dass selbst bei optimistischster Erwartung sich die Abreise unweigerlich deutlich, also zumindest für mehrere Tage, verzögern würde, wenn sie denn überhaupt noch stattfinden sollte.

Der nächste Morgen begann für mich natürlich beim Frühstück missmutig mit einem gelangweilten und eher desinteressierten Blick in die Zeitung, der eigentlich nirgendwo so recht hängen bleiben wollte, nicht einmal bei den dick schwarz umrandeten Anzeigen der vorletzten Seite. Diese wiesen nämlich aus, „wer nicht mehr bei einem großen Warenhauskonzern kaufen würde", wie gelegentlich scherzhaft, auch etwas pietätlos, die Verstorbenen in den Todesanzeigen tituliert wurden.

Vielmehr erwischte ich mich wiederholt bei der Frage, was ich mit diesem ungeplant freien Tag nun wohl anfangen könnte. Brauchbare Ideen wollten mir dabei allerdings nicht kommen, und so vertrödelte ich den Vormittag mit Nichtstun, landete jedoch immer wieder bei der Tatsache, dass es ja heute eigentlich nach Merseburg hätte losgehen sollen. Dieser Gedanke steigerte zunehmend Enttäuschung und Frust in Wut, auch wegen der Hilflosigkeit, mit der ich dieser Situation gegenüber stand.

Es bestand nämlich keinerlei Möglichkeit, an einem Amt in der ‚DDR' anzurufen und nachzufragen, wie es denn um die Papiere stehe, ob, und, wenn ja, wann sie denn wohl kommen würden. Nichts dergleichen, ich hatte keine Chance, mich irgendwo irgendwie zu informieren und sah mich realistisch vollständig abhängig von der Willkür der ‚DDR'-Behörden.

Mit diesen im Kopf kreisenden Gedanken ging es gen Mittag und damit kam auch die Zeit der üblichen Postzustellung. Gegen 13.00 h schlenderte ich dann routinemäßig, zwischenzeitlich ohne jegliche Erwartung hinsichtlich der erhofften Reisepapiere, zum Briefkasten, um zu sehen, ob jemand geschrieben haben könnte.

Da jedoch traute ich meinen Augen kaum. Zu meiner großen Verblüffung war ein vergilbter Briefumschlag des Innenministeriums der ‚DDR' eingegangen, neben anderen, auf einmal völlig unwichtigen Sendungen.

Noch bei geöffnetem Briefkasten riss ich die ministerielle Post auf und hielt zu meiner großen Verwunderung und besonderen Überraschung plötzlich sämtliche erforderlichen Reisedokumente für die Fahrt nach Merseburg und auch die Benutzungsgenehmigung für das dortige Archiv in Händen.

Sprachlosigkeit paarte sich nun bei mir mit ungläubigem Staunen. Träumte ich etwa? Nein! Und nochmals: Nein! In buchstäblich letzter Sekunde hatte ich also die Reiseunterlagen doch noch bekommen.

Natürlich war klar, dass diese späte Zusendung der Unterlagen kein Zufall war, gar nicht sein konnte. Unschwer erkannte ich sofort, dass es sich hierbei um eine absichtliche, gezielte Aktion der ‚DDR'- Behörden handelte, die einmal Verunsicherung und auch Einschüchterung bei mir als Einreisewilligem bewirken sollte. Zudem stellte es aber auch, so empfand ich es, eine Demonstration der Staatsmacht der ‚DDR' gegenüber der Bundesrepublik und deren Bürgern dar, nach dem Motto: „Ob und wann Du fährst, entscheiden wir, nur wir allein. Du bist auf unser Wohlwollen angewiesen, also füge Dich unserem Willen und unseren Vorgaben."

Die äußerst späte Zusendung der Reiseunterlagen war also eine bewusste behördliche schikanöse Provokation und so verstand ich die Maßnahme und die darin enthaltene Botschaft auch.

Ehe ich noch die Bedeutung dieses Briefes so recht realisiert hatte, nämlich jetzt doch abfahren zu können, erwischte ich mich schon beim Packen. Den doch schon am Vortag gefüllten und bereit gestellten Koffer und die Taschen verbrachte ich alsbald in den Kofferraum meines älteren Audi 80 und nach erneuter Kontrolle der Papiere und meines Reisepasses, der ja für die Einreise in die ‚DDR' zwingend erforderlich war, ging es dann gegen 14.00 h auf die Fahrt nach Merseburg, für mich gleichzeitig ins ziemlich Ungewisse.

Spät genug, bereits zu spät, war es, um noch zu angemessener Tageszeit bei Schwisselers einzutreffen. Aber egal, nun ging es eben los. Auf also nach Merseburg!

Kapitel 3

Ich machte mich also nun auf nach ‚drüben', wie bei uns in Westdeutschland die gängige Bezeichnung für die ‚DDR' lautete. Von Kiel fuhr ich via Autobahn über Hamburg nach Hannover und von dort auf die Berliner Autobahn bis zum Grenzübergang Helmstedt-Marienborn. Für diese reichlich 330 km benötigte ich etwa 3 ½ Stunden Fahrzeit. Als ich beim Grenzübergang eintraf, war es entsprechend der Jahreszeit um ca. 17.30 h natürlich bereits dunkel, zudem trübe und regnerisch.

Innerhalb der Grenzanlagen nahm ich nun entschlossen und zielführend die Fahrspur mit der Wegweisung „Einreise in die DDR". Es machte sich jetzt bei mir doch ein ziemlich mulmiges Gefühl in der Magengegend bemerkbar. Die Ungewissheit über die unmittelbar bevorstehenden Grenzkontrollen und den Aufenthalt im anderen Teil Deutschlands bewirkten beträchtliche Verunsicherung.

Wie oft war ich schon im Europäischen Ausland gewesen und hatte ohne jegliche Bedenken und Besorgnis stets in Urlaubsstimmung und demgemäß in freudiger Erwartung die Grenzen passiert, problemlos selbst nach Jugoslawien. Aber dort gab es auch keine derart gesicherten Grenzanlagen und auch keinen Schusswaffengebrauch. Alles war immer äußerst unkompliziert und friedlich verlaufen.

Jetzt aber, bei der Fahrt von Deutschland nach Deutschland, galten andere Gesetze und dementsprechend gestaltete sich auch meine Gefühlslage.

Natürlich war diese innerdeutsche Grenze nicht mit anderen zu vergleichen. Hier wurde ja nicht nur die ‚DDR' von der Bundesrepublik Deutschland getrennt, hier standen sich der Ostblock und der Westen und damit auch mit dem Warschauer Pakt und der Nato zwei bis an die Zähne bewaffnete, militärisch bezeichnet mit bis zum „overkill" aufgerüstete Militärblöcke gegenüber, jederzeit bereit, mit modernsten Waffen und deren großem Zerstörungspotential in Vernichtungsabsicht gegeneinander vorzugehen.

Diese Situation, die mir nicht nur durch den Kopf ging, sondern nun deutlich und wahrhaftig vor Augen stand und sich hier eindrucksvoll realisierte, prägte natürlich die Besonderheiten dieser Grenze und damit auch des Passierens dieser Trennlinie.

Ich fuhr also in dem gebotenen „Schritttempo" in die Spur für PKWs und reihte mich dort hinter die bereits Wartenden ein.

An dem Kontrollgebäude der ‚DDR'- Grenztruppen wies ein Schild die Einreisewilligen an: „Stop! Weiterfahrt nur nach Aufforderung".

Nach geraumer Wartezeit war endlich auch ich dran. Ich war erleichtert, dass die Kontrolle und damit der Beginn der Einreise nun endlich vonstatten gingen. Ich fuhr daher an die Grenzbaracke und hielt artig an dem Stopp-Schild an.

Das Kontrollgebäude stand auf der rechten Seite der Fahrspur, also auf der Beifahrerseite. Daher musste man als Fahrer aussteigen, um den Wagen herumgehen und dem Grenzpolizisten, der hinter einer Glasscheibe mit darunter gelegener Durchreiche saß, die Papiere vorlegen.

Allein die Anordnung des Kontrollhäuschens auf der Beifahrerseite war reine Schikane.

Ich stieg also aus dem Wagen, ging zum Kontrollposten und legte die Einreisepapiere und meinen Reisepass vor. Die ‚DDR' verstand sich ja als eigenständiger Staat und verlangte daher für die Einreise als Personaldokument einen Reisepass. Papiere und Pass wurden eingehend und entsprechend zeitraubend begutachtet und dann einbehalten mit dem Hinweis: „Den Pass bekommen Sie am nächsten Kontrollgebäude wieder."

Zu dem nächsten Kontrollgebäude führte eine Art umschlossene Tunnelröhre, in der sich offensichtlich ein Fließband befand, auf dem die Pässe transportiert wurden. In dem nächsten Gebäude wurden die Pässe wohl komplett kopiert. Ansonsten hätte es keinen Grund gegeben, dieses Legitimationspapier nicht sofort wieder auszuhändigen.

Neben dem Pass und der Einreisegenehmigung hatte ich dem Grenzpolizisten laut ministerieller Anweisung unaufgefordert die mitgeführten Unterlagen für die Arbeit im Archiv einschließlich der Benutzungserlaubnis vorzulegen, was ich natürlich auch korrekt tat. Diese wurden ebenfalls sehr gründlich und damit gleichermaßen zeitintensiv geprüft.

Der Grenzpolizist saß in dem Kontrollhäuschen hinter der Glasscheibe erhöht. Damit befand er sich – bewusst und gewollt - über den Einreisenden, man musste zu ihm aufsehen. Zudem konnte er so den Innenraum des Wagens sehr gut einsehen.

Er sah sorgfältig in das leere Wageninnere und fragte mich dann: „Mit wie viel Personen reisen Sie ein?" Allein die Frage ärgerte mich, konnte er doch genau sehen, dass niemand mehr im Wagen saß. Ich bückte mich zur Fahrzeugscheibe und blickte demonstrativ durch das Wageninnere. Bei der Antwort musste ich mir sehr auf die Zunge beißen, um nicht eine freche oder zumindest ironische Bemerkung fallen zu lassen, die meinen Grenzaufenthalt möglicherweise merklich verlängert oder die Einreise gar verhindert hätte.

Ich blickte wieder hoch und sagte dann etwas gereizt: „Ich reise allein ein."

„Fahren Sie jetzt mal dort vorne rechts ran." wies der Grenzpolizist mich an.

Kurz hinter dem ersten Kontrollgebäude war rechts neben der Fahrspur eine freie Fahrspur zum Halten, auf den ich dann weisungsgemäß fuhr und ausstieg. Rechts davon, etwas erhöht, verlief der Laufbandtunnel für die Pässe.

Nach einiger Zeit kam ein Grenzpolizist und schob an einer Stange einen flach gelagerten Spiegel an zwei Rädern vor sich her. Den bewegte er dann von allen Seiten unter meinen älteren Audi 80 und kontrollierte so die Unterseite des PKWs demonstrativ und mit besonderer Gründlichkeit und damit zeitraubend in aller Ruhe.

Nach dieser Unterbodenprüfung hieß es von dem Kontrolleur: „Öffnen Sie mal alle Türen, Kofferraum und Motorhaube."

Dann prüfte er mit gleicher Intensität und Genauigkeit wie den Unterboden den Motorraum und den Innenraum des Fahrzeugs. Auch hierbei ließ er sich Zeit, wohl in der Hoffnung, etwas Verbotenes zu finden, was ihm aber nicht gelang, und um die Überprüfung zu verzögern.

Er wandte sich dann dem Kofferraum zu, nahm den Zettel, der sich bei den Einreiseunterlagen befand, auf dem sämtliche einzuführenden Gegenstände aufgelistet waren, zur Hand und forderte mich auf, diese Sachen zur Überprüfung vorzulegen.

Ich öffnete die Tasche, in der ich diese Dinge verpackt hatte, und zeigte sie ihm vor. Er begutachtete jedes einzelne Stück und verglich alles mit der vorgelegten Einfuhrliste. Zu meiner großen Überraschung hatte er nichts zu beanstanden. Das war beileibe keine Selbstverständlichkeit, auch wenn es alles zur Einfuhr zugelassene Sachen und diese auch ordnungsgemäß angemeldet waren. Dazu hatte ich schon von zu vielen Willkürentscheidungen der Grenzkontrolleure gehört.

„Öffnen Sie mal den Koffer." forderte der Grenzpolizist mich auf und blickte dann mehrmals über dessen Inhalt, von dem er einige Teile anhob.

„Räumen Sie den Kofferraum leer." hieß es nun, und schon standen Koffer, Taschen, Reservekanister, Verbandskasten und Warndreieck um das Heck des Wagens herum auf der Straße.

„Heben Sie die Bodenabdeckung hoch." Dort fiel sein Blick dann auf den Reservereifen, den Wagenheber und das Bordwerkzeug. Auch hier guckte er von allen Seiten in sämtliche Ecken, immer auf der Suche nach verborgenem Verbotenem. Er fand jedoch auch hier nichts.

Obwohl ich genau wusste, dass ich nichts Unerlaubtes im Wagen mitführte, hatte ich dennoch ein äußerst ungutes Gefühl bei dieser ganzen Durchsuchungsprozedur, schon allein durch die Art und Weise der Überprüfung.

Nach dem Kofferraum wandte er sich dem Innenraum zu. Er guckte unter die Vordersitze und auch in die entlegensten Winkel, hob die Fußmatten an und prüfte eigenhändig, ob die rückwärtige Sitzbank und die Rückenlehne auch befestigt waren, also nach seiner Ansicht wohl nichts darunter versteckt sein konnte.

Nach offensichtlicher Beendigung der Durchsuchung des Fahrzeugs gab er mir den Schnellhefter mit der Benutzungsgenehmigung seines Innenministeriums und den weiteren Unterlagen für das Archiv in Merseburg zurück.

Diese intensive Prüfungsprozedur, die alles in allem ca. eine halbe bis eine dreiviertel Stunde gedauert hatte, beendete der Grenzpolizist mit dem Hinweis, ich möge mir an dem nächsten Kontrollgebäude wenige Meter weiter meinen (zwischenzeitlich sicherlich vollständig kopierten) Reisepass abholen, und gab mir dann mit einem kurzen „Gute Fahrt" die Einreise in die ‚DDR' frei.

Kapitel 4

Mit dem Pass in Händen ließ ich das Grenzgelände hinter mir und konnte es zunächst einmal kaum fassen, dass ich diese Einreisekontrolle, wenn auch zeitraubend, so doch unbeschadet überstanden hatte.

Nach nur kurzer Strecke fand ich, an einem Parkplatz gelegen hell ausgeleuchtet und daher gut sichtbar, eine Baracke mit dem Hinweisschild „Geldumtausch". Das war für mich nun also gezwungenermaßen die nächste Station.

Es war ja seit längerer Zeit vorgeschrieben, pro Tag des Aufenthalts in der ‚DDR' DM 25,- im Verhältnis 1:1 in Mark der ‚DDR' umzutauschen: ‚Mindestumtausch' im Sprachgebrauch der ‚DDR', ‚Zwangsumtausch' bzw. ‚Eintrittszahlung' für uns Westdeutsche.

Der angeblich doch so erfolgreich wirtschaftende sozialistische Arbeiter- und Bauernstaat brauchte also gleichwohl reichlich Devisen von Einreisenden, so auch natürlich und in erster Linie von uns Bundesrepublikanern.

In der völlig überheizten Wechselstube reihte ich mich in die kurze Schlange wartender Umtauschpflichtiger ein und hatte nach zügiger Abwicklung der Wechselgeschäfte für den angemeldeten zehntägigen Aufenthalt 250,- Mark der ‚DDR' in Scheinen in der Hand, zusammen mit der entsprechenden vergilbten Quittung.

Den dafür hingegebenen DM 250,- trauerte ich dabei schon ein wenig nach.

Die Ostgeldscheine waren kleiner und im Verhältnis länglicher als unser vertrautes DM-Papiergeld. Sie vermittelten auch genau den Eindruck, den man bei uns in der Bundesrepublik über den Wert der Ostwährung hatte: Ist nicht viel wert. Der Wert lag nämlich bei ca. 1:10 bis 1:12 DM : Mark der ‚DDR'.

Insofern war der Zwangsumtausch natürlich ein riesiges Devisengeschäft für die ‚DDR', aber gerade deshalb hatte man ihn ja überhaupt eingeführt.

Ich machte mich nun also auf den Weg nach Merseburg.

Zunächst ging es wieder auf die Transit-Autobahn in Richtung Berlin.

Zu der Dunkelheit gesellten sich nun auch Nebel und leichter Regen, es war schlicht ungemütliches Novemberwetter.

An der Autobahnabfahrt, im ‚DDR'- Sprachgebrauch Abzweig, Magdeburg verließ ich die Autobahn und fuhr nun normale Landstraße in Richtung Bernburg – Halle - Merseburg.

Hier machte ich die erste Bekanntschaft mit den Errungenschaften des Sozialismus.

Die Straße war ein dunkler Asphaltstreifen, nicht mehr. Es gab keinerlei Fahrbahnmarkierungen, also weder Mittelstreifen noch seitliche Begrenzungslinien, natürlich auch nicht die bei uns üblichen und durchgängig gesetzten Leitpfosten mit den bei Dunkelheit hell leuchtenden Reflektoren.

Auf der Fahrbahn und besonders an den ausgefransten Seitenrändern befanden sich teils richtig tiefe Schlaglöcher, die in der Dunkelheit und bei dem Nebel gar nicht oder erst zu spät zu sehen waren, um ihnen auszuweichen, sie waren dann allerdings zu hören und zu fühlen.

Nach einigen Kilometern Fahrstrecke, auf der ich kaum einmal in den vierten Gang hatte schalten können, schloss ich zu einem LKW auf, der mit etwa 50 km/h nun vor mir fuhr. Ich hing also hinter dem Laster fest, da an ein Überholen auch nicht im Ansatz zu denken war.

Das Besondere an diesem Fahrzeug war das gelbe Blinklicht auf dem Dach des Führerhauses, das mir nun in der Dunkelheit etwa im Halbsekundentakt den hellgrellen Lichtschein in die dadurch schon fast geblendeten Augen warf. Diese gleißenden Blitze bewirkten den ständigen Wechsel zwischen hell und dunkel und strengten damit nicht nur die Augen sehr stark an, sondern führten auch dazu, dass ich die Straße kaum noch erkennen konnte. Ich hatte aber keine andere Wahl, als hinter dem LKW herzufahren, auf Gedeih und Verderb.

Meine Hoffnung, dass der Blinkwagen bald abbiegen würde, erfüllte sich über lange Kilometer nicht und so wurde ich zunehmend genervter und unruhiger und auch sehr ungeduldig.

Der stärker werdende Nebel, die zwischenzeitlich nass geregnete und zudem in der Dunkelheit völlig unübersichtliche Straße hinderten jedoch einige Verkehrsteilnehmer nicht daran, den blinkenden LKW und damit auch mich zu überholen, so auch ein Streifenwagen der Volkspolizei. Wie sie die Fahrspur fanden und auch halten konnten, ist mir bis heute ein Rätsel.

Dies dauernde grellgelbe Blinklicht machte mich langsam regelrecht kirre, und so versuchte ich, die blendende Wirkung durch einen etwas vergrößerten Abstand abzumildern. Die Wirkung war jedoch lediglich marginal, musste ich dem LKW doch ziemlich nahe auf den Fersen bleiben, um so wenigstens den Fahrbahnverlauf einigermaßen erkennen zu können, was sonst erheblich schwerer gewesen wäre. Auch das Herunterklappen der Sonnenblende war nicht möglich, da dadurch das Blickfeld zu sehr eingeschränkt wurde.

Meine durch das Dauerblinklicht verursachte innere Anspannung ging erst zurück, als der LKW dann doch irgendwann, ich meine, es war in Bernburg, von der Straße abbog und damit optisch Ruhe eintrat. Immerhin hatte ich nahezu ca. 40 km dieses grelle Blinklicht ertragen müssen.

Natürlich wich die Belastung nicht sofort und nicht vollends, denn nun musste ich ohne den Führungswagen bei Dunkelheit, zunehmendem Nebel und nasser schlechter Fahrbahn den Straßenverlauf selbst suchen, was bei jeglicher fehlenden Markierung dieser Landstraße ein nicht nur teilweise sehr schwieriges Unterfangen war.

So hangelte ich mich dann langsam und vorsichtig durch das dunkle Bernburg, denn im Stadtgebiet gab es keine funktionsfähige Straßenbeleuchtung. Etwa nur jede sechste bis achte Straßenlampe brannte überhaupt und gab auch nur sehr schwaches Licht ab, das nicht oder nur kaum zur Erhellung der Straße führte und damit hinsichtlich ihrer Aufgabe ungeeignet war.

Wahrscheinlich habe ich durch meine vorsichtige Fahrweise manch Einheimischen als „typisch Westler" genervt.

Kapitel 5

Als ich nach Halle hineinfuhr, es mag zwischenzeitlich ca. 19.15 Uhr gewesen sein, bot sich mir dasselbe Bild wie in Bernburg. Nebel, nasse schadhafte Straßen und nur sehr sporadisch blasse Straßenbeleuchtung. Natürlich hielt ich mich streng und stur an die Geschwindigkeitsbeschränkungen, hier innerorts also an die 50 km/h.

Plötzlich sah ich in der nebligen Dunkelheit einen düsteren, kaum sichtbaren Schatten vor mir auf der Fahrbahn. Ich bremste stark und kam etwa erst zwei Meter vor dem Schatten zum Stehen. Nun erkannte ich auch: Auf der Straße lag quer vor meinem Wagen ein Mann. In seinem dunkelanthrazitfarbenen Mantel und mit gleichermaßen dunkler Hose und eben solchem Hut war er auf der unbeleuchteten Straße kaum zu sehen gewesen.

Ich stieg also aus und ging auf den älteren Herrn zu. Als ich an ihn herantrat, sah ich, dass er bei Bewusstsein war. Er schlug die Augen auf, ich sprach ihn also an: „Na, heute Abend schon ein Bier gehabt ?" fragte ich den ganz offensichtlich ziemlich Betrunkenen.

„Ja, mehrere, aber auch ein paar Schnäpse." gestand er ein und lächelte dabei zufrieden.

„Nun müssen Sie aber hier von der Straße runter, Sie können hier nicht liegen bleiben." versuchte ich ihm klarzumachen.

Er sah mich mit großen Augen an, offensichtlich war ihm gar nicht bewusst gewesen, dass er mitten auf der Fahrbahn lag.

„Kommen Sie mal, ich helfe Ihnen hoch." Dabei griff ich ihm unter einen Arm und versuchte, ihn zumindest erst einmal zum Sitzen aufzurichten.

Dieser Versuch jedoch misslang, der Rentner war sehr schwer und beteiligte sich selbst überhaupt nicht, hochzukommen, ließ sich vielmehr immer wieder zu Boden sinken. Damit war also klar, dass ich allein ihn niemals von der Straße herunter bekommen würde.

Ich brauchte deshalb Hilfe. Das war aber gar nicht so einfach, war die Straße doch zu dieser frühabendlichen Stunde wie leergefegt. Keine Menschenseele war zu sehen, weder zu Fuß noch motorisiert. Ich musste also auf einen zufällig kommenden Passanten warten, ich konnte den Betrunkenen ja nicht einfach auf der Straße liegen lassen.

Nach einigen Minuten kam dann ein einzelner Mann auf dem Fußweg heran. Ich sprach ihn an und bat ihn um Hilfe, den älteren Herrn von der Straße zu holen. Aber selbst zu zweit war es noch äußerst schwierig, den Bezechten auf die Beine zu stellen und auf den Fußweg zu führen. Er war und machte sich derart schwer, ohne sich selbst zu bewegen und bei seinem eigenen Transport mitzuhelfen, so dass wir große Mühe hatten, ihn aufzurichten, aufrecht zu halten und von der Straße auf den Fußweg zu führen.

Der Helfer nahm sich dann des Rentners an und begleitete ihn stützend.

Ich verabschiedete mich, stieg alsdann in den Audi und fuhr weiter Richtung Merseburg.

Nach wenigen Augenblicken begannen dann während der Fahrt meine Knie zu zittern. Mir wurde nämlich erst jetzt richtig bewusst, dass ich beinahe einen Menschen überfahren, möglicherweise sogar totgefahren hätte. Richtige Angst befiel mich in diesem Moment. Wie hätte ich wohl mit dieser Belastung fertig werden sollen, obwohl ich vermutlich nach unseren westlichen Verhältnissen rechtlich keine Schuld gehabt hätte. Damit wäre aber der Mensch nicht wieder lebendig geworden. Zudem hätte ich wohl zeitlebens im Gefängnis gesessen. Ein nach unseren westdeutschen oder westeuropäischen Maßstäben rechtsstaatliches Gerichtsverfahren hätte ich bei der Willkürherrschaft in der ‚DDR' wohl ganz sicher nicht bekommen, schon gar nicht als Westler.

All' diese Gedanken schossen mir in Sekundenbruchteilen durch den Kopf, als ich noch durch das dunkle unbeleuchtete Halle fuhr.

Aber es war ja mit viel Glück gerade noch einmal alles gut gegangen, und so langsam beruhigte ich mich dann wieder und meine Knie fanden zu ihrem festen Halt zurück.

Kapitel 6

Auf den letzten Kilometern nach Merseburg verdichtete sich der Nebel noch einmal erheblich. „Waschküche" war da gar kein Maßstab mehr, rings um das Auto herum stand nach allen Seiten nur noch eine äußerst dichte, ja, undurchsichtige Nebelwand.

Als ich dann die Umgehungsstraße von Merseburg erreicht hatte, war mir klar, dass ich diese verlassen musste, um in die Stadt zu kommen. Obwohl Merseburg links von der Umgehungsstraße lag, bog ich an einer Ampelkreuzung rechts ab, da ich die links hinter der hier unterbrochenen Mittelleitplanke gelegene Gegenfahrbahn gar nicht recht sehen konnte.

Ich bog daher zunächst einmal also rechts ab und stand plötzlich vor bzw. in einer Nebelwand bisher nicht gekannter Dichte. Ich konnte schlicht gar nichts mehr sehen, weder die Fahrbahn noch deren Ränder.

Ich hielt zwangsläufig an und beschloss dann zu wenden. Zentimeterweise rangierte ich auf der Straße hin und her, immer in der Hoffnung, dass kein Fahrzeug kommen und mich dann anfahren würde. Beim Rangieren hatte ich das Seitenfenster geöffnet, auch, um mögliche kommende Fahrzeuge zumindest zu hören.

Als ich an meinem Audi aus dem Seitenfester nach hinten guckte, konnte ich, und das ist nun wirklich nicht übertrieben, das Heck des Wagens, sprich Kofferraum und Stoßstange, nicht mehr sehen, so unglaublich es auch klingen mag. Alles war vernebelt. Auch die seitliche Begrenzung der Straße konnte ich nicht sehen, auch nicht, ob da z.B. ein Graben oder ein Baum war.

Nach zahlreichem Rangieren stand ich an der Kreuzung vor der roten Ampel. Aber dahinter war weder von der Kreuzung selbst noch von der Straße irgendetwas zu sehen. Alles tief in dichte Watte gepackt.

Wenn dies eine normale Straßenkreuzung ist, so dachte ich, *müsste ich bei direkter Geradeausfahrt die Umgehungsstraße in Richtung Merseburg überqueren können und danach auf die stadteinwärts führende Straße kommen.* Zu sehen war das alles nicht.

Die Ampel sprang dann auf grün und ich fuhr langsam, noch nicht einmal im Schritttempo, über die Kreuzung, so hoffte ich zumindest.

Entweder war die Kreuzung nicht rechtwinklig angelegt, oder aber ich bin nicht genau geradeaus gefahren. Nach

Überqueren der Umgehungsstraße fand ich mich nämlich auf der mir entgegenführenden Spur der Straße wieder, war also ganz offensichtlich nach links abgedriftet und hatte Glück gehabt, dass kein Gegenverkehr gekommen war.

Ich tastete mich vorsichtig an den rechten Fahrbahnrand heran und fuhr dort ganz langsam weiter. Nach kurzer Strecke tauchte rechts Licht auf, in dessen Schein ich schemenhaft einen freien Platz erkennen konnte. Um erst einmal von der Straße herunter zu kommen, fuhr ich rechts auf diesen Hof, der offensichtlich ein Firmengelände war. Es standen dort nämlich, nur in Umrissen erkennbar, Transportfahrzeuge.

Nun war ich wenigstens von der Straße runter, hatte aber keinerlei Idee, wie ich wohl nach Merseburg hinein und dort zu Familie Schwisseler kommen sollte. So saß ich also einige Momente ratlos in meinem PKW, als ich auf der Straße, von der ich gerade abgebogen war, einen Bus fahren sah.

Blitzartig kam mir der Gedanke, hinter ihm herzufahren, um so, mit Glück, in die Stadt zu kommen. Ich fuhr also hinter dem Bus her und klemmte mich dicht an seine Rücklichter.

Der Bus fuhr mit einer für mich wegen des dichten Nebels unvorstellbaren Geschwindigkeit, ich hatte wiederholt Mühe, an ihm dranzubleiben und nicht abgehängt zu werden. Dabei konnte ich natürlich auch nicht auf Verkehrszeichen achten, sie auch kaum oder aber zu spät sehen, natürlich wegen des Nebels, aber auch, weil ich dicht hinter dem Bus fuhr, der mir auch die Sicht nahm. Manche Schilder habe ich sicherlich nicht beachtet, nicht beachten können, vielleicht auch mal eine rote Ampel, die der Busfahrer möglicherweise noch grün gesehen hatte. Nur auf all' dies konnte ich keine Rücksicht nehmen, ich musste einfach hinterher.

Nach einer gewissen Strecke, die mir schier endlos und wahrscheinlich doppelt so lang vorkam, als sie wirklich war, hielt der Bus an einer Haltestelle. Es war ein Wendeplatz, auf dem einige Leute standen. Ich hielt hinter dem Bus an, stieg aus und fragte die Wartenden, ob dies hier Merseburg sei. Ungläubige Blicke und erstaunte Mienen wurden mir entgegengehalten, so, als wollte ich die Wartenden mit dieser Frage veralbern.

„Hier ist doch nicht Merseburg." musste ich mir anhören. Na klar, der Bus war also aus der Stadt herausgefahren, in eine Nachbargemeinde. „Der Bus fährt aber gleich nach Merseburg." kam die Information einer freundlichen Frau meiner Frage zuvor.

Dankbar für diesen hilfreichen Hinweis klemmte ich mich bei Abfahrt wieder hinter den Bus, der in ähnlich hoher Geschwindigkeit wie zuvor fuhr, nun aber hoffentlich nach Merseburg hinein.

Als ich endlich das gelbe Ortsschild „Merseburg" sah, war es mir, als würde ich aus einem Traum erwachen. Von buchstäblich einem Meter auf den anderen war der Nebel verschwunden, wie weggeblasen. Ich hatte also plötzlich völlig freie Sicht auf Straße, Häuser, Verkehrsschilder, auf Menschen, wenn denn welche da gewesen wären, auf alles also. Es war schon nahezu unglaublich. Sehr erleichtert konnte ich nun frei durchatmen und jetzt das letzte Stück zur Straße Oelgrube in Angriff nehmen, zur Wohnung von Familie Schwisseler.

Nur, auch ohne den Nebel war mein Problem längst nicht gelöst. Ich hatte nämlich keinen Stadtplan, und Navigationsgeräte gab es noch nicht. Da auch, wie gesagt, niemand mehr auf den Straße zu sehen war, den ich hätte fragen können, es war zwischenzeitlich nach 20.00 Uhr geworden, konnte ich mich auch nicht nach der Adresse erkundigen. Wieder überkam mich eine gewisse Rat- und Hilflosigkeit. Schwisselers würden auch sicherlich schon auf mich warten, da die Ankunft natürlich früher geplant gewesen war.

Wie ich so ziellos durch die Stadt fuhr, sah ich auf einem kleinen Platz neben der Straße ein Taxi stehen. *Ich werde den Fahrer bitten, mir vorauszufahren und mich so zu Schwisselers zu führen.* war mein spontaner Entschluss.

Ich trug also dem Taxi-Fahrer mein Anliegen vor. Der aber wandte sich verständnislos von mir ab, ganz offensichtlich auch deutlich verärgert. Als ich meine Bitte wiederholte, sagte er nur sehr kurz angebunden: „Sie haben doch selbst ein Auto, fahren Sie doch allein dahin, dazu brauchen Sie mich doch nicht."

Erkennbar empfand er mein Ersuchen als Veralberung oder aber als überhebliches Gehabe eines Westlers. Beides war es nicht, natürlich, ich wollte einfach nur seine Hilfe. Sein Vorstellungsvermögen reichte aber ganz offensichtlich nicht aus, um zu erkennen, dass sich ein Ortsfremder von einer Taxe gegen Bezahlung den Weg zeigen lassen wollte.

Ein weiteres Mal bat ich ihn, zur Oelgrube zu fahren, ich würde hinter ihm herfahren und dort den regulären Taxenpreis für diese Strecke bezahlen. Ich würde mich nicht auskennen und hätte nach langer, beschwerlicher Fahrt keine Lust mehr, noch ausgedehnt nach der Straße zu suchen.

Sehr gequält und auch merklich widerwillig setzte er sich dann in sein Taxi, einen „Wartburg", und führte mich in wenigen Augenblicken zur Oelgrube, ich folgte ihm erleichtert und dankbar, ähnlich wie vorher dem Bus.

Angekommen, zahlte ich dann den Fahrpreis von 2 Mark 20, legte noch ein gutes Trinkgeld drauf und bedankte mich für seine ‚freundliche' Hilfe. Sehr gequält und mürrisch nahm er das Geld und setzte sich nach einem missmutig gereizten „Auf Wiedersehen" in seine Taxe und fuhr kopfschüttelnd fort.

Er hatte an diesem Abend erkennbar die Welt nicht verstanden. Ich hingegen war froh, heil und unbeschadet doch noch mein Ziel erreicht zu haben.

Kapitel 7

Auf mein Klingeln hin öffnete mir um etwa 20.15 h Frau Schwisseler. „Na, ich dachte schon, Sie kommen gar nicht mehr." Mit diesen Worten, die Freude und, deutlich spürbar, auch Erleichterung über mein Eintreffen beinhalteten, begrüßte sie mich sehr herzlich und liebenswürdig, bat mich in ihre Wohnung im 1. Stock des Plattenbaus und hieß mich überaus aufrichtig willkommen.

„Ja, es ist deutlich später geworden, als ich geplant hatte. Erst heute Mittag habe ich die Papiere für die Reise bekommen, und dann der Nebel seit Bernburg und besonders hier um Merseburg, ich konnte kaum etwas sehen. So hat sich die Ankunft leider sehr verzögert." versuchte ich eine Erklärung.

„Nebel hab' ich hier gar nicht gesehen, aber schön, dass Sie jetzt da sind." sagte sie in leicht sächsischem Akzent.

Bisher hatten wir ja nur miteinander korrespondiert und telefoniert. Nun aber gab es für uns die erste persönliche Begegnung, in der die bisher gewonnenen positiven Eindrücke von Frau Schwisseler nachhaltig und umfassend nicht nur bestätigt, sondern noch übertroffen wurden.

Vom ersten Moment an strahlten Schwisselers eine besondere, ganz natürliche Herzlichkeit und Liebenswürdigkeit aus. Es war sofort zu spüren, dass beides aufrichtig war und keinesfalls gekünstelt oder aufgesetzt. Dieser freundliche, ja, schon freundschaftliche Empfang gab mir sofort das angenehme und beruhigende Gefühl, wirklich sehr willkommen zu sein, und so fühlte ich mich denn auch vom ersten Moment an richtig wohl bei Schwisselers.

Gleichermaßen nett und freundlich wurde ich auch von Heiko, dem ca. 18jährigen Sohn, begrüßt, der nun aus seinem Zimmer gekommen war. Auch von ihm strahlte mir diese Herzlichkeit entgegen, die offensichtlich, wie sich später bestätigen sollte, die ganze Familie prägte.

Der Besuch bei Schwisselers war schon eine ganz besondere Situation. Als völlig Fremder kam ich dort an und genoss von Beginn an große Sympathie, die ich allerdings auch aufrichtig und umfassend erwidern konnte. Diese erste Begegnung, die der Anfang einer Jahrzehnte langen Freundschaft werden sollte, hatte keineswegs den Charakter eines Neubeginns. Sie vermittelte vielmehr das Gefühl, als kenne man sich schon sehr lange und habe sich auch schon häufig gesehen. Es war vom Gefühl her mehr ein Wiedersehen als ein Kennenlernen.

Nachdem ich die Winterjacke abgelegt hatte, es war ja immerhin schon kalter November, bekam ich mein Zimmer gezeigt. Es war Heikos Zimmer, das er mir bereitwillig überließ. In der 2 ½ -Zimmer-Wohnung schlief er für die Dauer meines Aufenthalts im Wohnzimmer auf der Couch.

Ich brachte also mein Gepäck in den Raum und packte sogleich einige Sachen aus, so auch ein paar Mitbringsel für Schwisselers, Kaffee etwa, Schokolade und Pralinen, Getränke, Zigaretten und, wunschgemäß, Strumpfhosen. Ich übergab alles in der Küche, woraufhin mich leuchtende Augen vor Freude dankbar und auch ein wenig erstaunt, fast sprachlos, anstrahlten.

Im Wohnzimmer wartete auf mich ein köstliches erfrischendes Bier, ein wahrer Genuss nach der langen und anstrengenden Fahrt. Gemeinsam nahmen wir also dann einen Begrüßungsschluck, und dadurch fühlte ich mich auch jetzt richtig angekommen. Die Anstrengung von der aufreibenden Fahrt wich deutlich zugunsten wohliger Entspannung.

Das mir zubereitete Abendessen schmeckte lecker, ich hatte nach über acht Stunden seit der letzten Mahlzeit, zugegeben, jetzt auch Hunger.

Wir plauderten dann bei dem einen und anderen Bier noch eine Zeitlang sehr gemütlich. Dabei plante ich auch schon den nächsten Tag. Ich wollte natürlich gleich vormittags ins Archiv und dort mit der Arbeit beginnen. Dazu ließ ich mir den Weg dahin beschreiben.

Kaum, dass ich gesättigt war, kam Frau Schwisseler mit einem Buch in der Hand zu mir. „Das hier ist unser Hausbuch, da müssen sich alle eintragen. Jeder Besucher im Haus muss sich da eintragen, ein Bewohner im Haus führt dieses

Buch." Es war deutlich zu spüren, dass ihr die Sache mit dem Hausbuch äußerst unangenehm, ja geradezu peinlich war.

Ich musste also nun meine vollständigen Personalien dort hineinschreiben, Name natürlich, dann Geburtsdatum, Wohnanschrift, Beruf, Grund meines Besuchs etc. selbstverständlich auch, bei wem und für welchen Zeitraum ich zu Besuch war.

Dieses Buch, das bereits zahlreiche Eintragungen von Besuchern anderer Hausbewohner enthielt, war eindeutig Teil der Überwachung und Kontrolle durch den Staat, die auch auf diese Weise bis tief in die Privatsphäre der Bürgerinnen und Bürger der ‚DDR' und natürlich auch der Gäste hineinreichte. Zudem erhielten auch die übrigen Mietparteien sowie sämtliche Besucher Kenntnis von jedem Gast im Haus.

Das Hausbuch war deponiert bei einem Hausbewohner, offensichtlich so etwas wie ein Hauswart oder Hausmeister, von dem es die Familie, die Besuch bekam, dann abholen musste und nach der Eintragung, die gleich am Anreisetag zu erfolgen hatte, wieder abzuliefern hatte.

Natürlich wurden die darin befindlichen Angaben an Behörden weitergeleitet, wahrscheinlich wohl an die für viele Bereiche, so auch für die An- und Abmeldungen, zuständige Volkspolizei, die ja ständig einen genauen Überblick haben musste über fremde Personen im Ort und deren Aufenthalt.

Ich brachte die Prozedur des umfangreichen Eintragens auch sogleich hinter mich und gab Frau Schwisseler das Buch zurück.

Sehr bald auch kam Frau Schwisseler noch mit einer anderen Mitteilung auf mich zu, die für sie auch wenig erfreulich war.

„Ich hatte Sie doch in unserem Telefongespräch gefragt, ob Sie eine Karte haben wollten für ein Konzert im Gewandhaus in Leipzig. Ich habe versucht, Karten zu bekommen, sie waren allerdings alle bereits ausverkauft. Es hat leider nicht geklappt, tut mir sehr leid."

Es war ihr anzumerken, dass es ihr wirklich besonders leidtat.

„Es ist schade, ich hätte gern ein Konzert besucht, aber was nicht ist, ist eben nicht. Die Konzerte sind natürlich auch sehr beliebt und die Karten dafür entsprechend gefragt und dann schnell vergriffen. Es lässt sich dann eben nicht ändern. Aber vielen Dank für Ihre Mühe, die Sie sich darum gemacht haben." war meine etwas ernüchternde Reaktion. Ich hätte schon gern das renommierte Gewandhausorchester unter dem berühmten Dirigenten Kurt Masur erlebt. Aber es hatte eben nicht sollen sein.

Nach einer gemütlichen abendlichen Plauderei und dem genussvollen Bier als Schlaftrunk sank ich dann müde, aber zufrieden ins Bett und schlief auch sehr schnell ein.

Da Frau Schwisseler schon immer sehr früh zur Arbeit ging und Heiko auch zeitig zur Schule musste, hatte sie mir am nächsten Morgen ein Frühstück ins Wohnzimmer gestellt, das ich in aller Ruhe auch richtig mit Genuss verzehrte.

Kapitel 8

Mit der abendlichen Eintragung ins Hausbuch waren – natürlich – die Besucherpflichten in der ,DDR' nicht erfüllt. Erforderlich war – ebenso selbstverständlich und eher noch vorrangig – eine Anmeldung bei der örtlichen Volkspolizei als Meldebehörde, die zwingend zeitnah zu erfolgen hatte.

Nach dem Frühstück am Morgen nach der Anreise folgte ich der noch abends erfragten Wegbeschreibung von Frau Schwisseler zur örtlichen Station der - allgegenwärtigen und auch allzuständigen – Volkspolizei.

Bevor ich losfuhr, musste ich erst einmal feststellen, dass mein Wagen über Nacht mit schwarzem, teils grobkörnigem ölig-schmierigem Industrieruß quasi überschüttet war. Ein entsprechend intensiver, gelegentlich beißender Geruch lag ständig in der Luft. Merseburg lag in einem großräumigen Industrieareal, geprägt von den ausgedehnten Kombinaten Buna und Leuna und auch von im Tagebau abgebauter Braunkohle. Die abgebauten Flächen wurden zum Teil übrigens als Start- und Landebahnen für Militärflugzeuge benutzt. Da für die ‚DDR' Umweltschutz offensichtlich ein Fremdwort war, ließen diese nahegelegenen Industriebetriebe ihren Abgasen freien Lauf durch die Schornsteine in die Luft. Demzufolge gab es auch in und um Merseburg ein unbeschreibliches Maß an Umweltverschmutzung. Die Luft war nahezu verpestet mit ungefiltert in die Atmosphäre geleiteten Emissionen. Dazu lieferten auch die zahlreichen „Trabbis", „Wartburgs" und „Schwalben", ein dort gängiges kleines Motorrad, von den LKWs einmal ganz zu schweigen, ihren massiven Beitrag.

Herr Schwisseler wies mich später darauf hin: „Es gibt hier keine Waschmühlen für die Autos."

Die Umweltverunreinigungen der ‚DDR' waren bei uns im Westen hinlänglich bekannt. So wurden ja insbesondere die zu uns in den Westen strömenden Flüsse Elbe und Werra durch Einleitungen von äußerst giftigen Industrieabwässern stark verschmutzt, was oft umfangreiches Fischsterben auch bei uns zur Folge hatte.

Das Polizeigebäude befand sich – den Straßennamen erinnere ich nicht mehr – in einer Querstraße zwischen der Hauptstraße durch die Stadt und der dazu verlaufenden Parallelstraße, die später mein täglicher Weg zum Archiv sein sollte. Das in grau gehaltene, eher unscheinbare Haus, auf dem ein Schild auf diese wichtige Behörde hinwies, war die zentrale polizeiliche Verwaltungsstelle der Stadt Merseburg.

Ich marschierte also mit allen Unterlagen auf dieses Haus zu. An dem Eingangspfosten klingelte ich und nach einiger Zeit schnurrte der Türsummer, öffnete die Torpforte und gab damit den Zugang zum Gebäude frei. Durch die Eingangstür, die ebenfalls nach einem Klingeln per Summer geöffnet wurde, gelangte ich auf einen Flur, auf dessen einer Tür ein Schild auf „Anmeldung" hinwies.

Durch die erstaunlicherweise nicht verschlossene Tür gelangte ich in einen Warteraum, an dessen Frontseite sich eine mit einer Klappe verschlossene Durchreiche befand. Ansonsten standen in dem schmucklosen, lediglich verziert durch ein großformatiges Konterfei des Staatsratsvorsitzenden Erich Honecker, und ungepflegten Raum an den Wänden eine Sitzbank und einige Stühle für Wartende und an einer Seite ein Tisch. Eine Lampe ergänzte das wenige, durch ein kleines Fenster einfallende Tageslicht.

Da die Klappe, durch die offensichtlich die Anmeldung zu erfolgen hatte, verschlossen war, setzte ich mich, was sich als zweckmäßig erweisen sollte. Für längere (Warte-) Zeit nämlich war ich allein in dem völlig überheizten Raum. Neben der verschlossenen Klappe gab es keinerlei weitere Kontaktmöglichkeiten zu der Polizeibehörde, da die einzige Tür, durch die ich gekommen war, zum Ausgang führte.

Nach geraumer Zeit, die im Nachhinein gefühlt unendlich, tatsächlich sicherlich nicht unter einer Stunde betrug, wurde die Klappe geöffnet und ein uniformierter Polizist fragte mich nach meinem Anliegen.

Die Holzklappe, ca. 40 x 60 cm, ließ nur den Bauchbereich des Uniformierten erkennen, sein Gesicht war nicht zu sehen.

„Ich bin gestern Abend eingereist und möchte mich anmelden." erklärte ich. „Warten Sie einen Augenblick, Sie sind sofort dran." erwiderte der Staatsdiener und schloss die Klappe.

Meine aufkeimende Hoffnung auf nunmehrige baldige Anmeldung versiegte so schnell, wie sie entstanden war. Die Klappe öffnete sich nämlich wieder für längere Zeit nicht, genauer gesagt erst nach einer weiteren knappen Stunde. Dann endlich wurde zügig zur Tat geschritten. Mir wurde ein Vordruck zur Anmeldung mit der Aufforderung gereicht, diesen auszufüllen, und sofort wurde die Klappe wieder geschlossen.

Ich setzte mich also an den Tisch und füllte aus. Abgefragt wurden sämtliche persönlichen Daten, Tag und Ort der Einreise, Verweildauer in Merseburg, Adresse der Wohnstätte und der Unterkunftsgeber, sodann auch Daten des benutzten PKWs, Zweck der Reise und des Aufenthalts, Beruf und Arbeitgeber mit Adresse und ... und ... und. Alles also Angaben, die ich bereits vor meiner Einreise bei deren Beantragung mitteilen musste und demgemäß auch mitgeteilt hatte, die folglich schon bekannt waren.

Ich trug alles korrekt und fein säuberlich ein und bestätigte die Angaben auf der untersten Zeile durch meine Unterschrift. Nun konnte, zumindest aus meiner Sicht, die erforderliche Anmeldung auch formell durchgeführt werden.

Offensichtlich hatten die hier gerade amtierenden Staatsdiener wenig konkrete Vorstellungen über die erforderliche Zeitdauer des Ausfüllens dieses Antragsformulars oder aber sie ließen mich absichtlich lange warten, denn besagte Klappe öffnete sich erst nach ca. weiteren ca. 30 Minuten. Der Antrag wurde nun eingefordert und hinter verschlossener Klappe offensichtlich auf vollständige Ausfüllung überprüft.

Nach wenigen Minuten kam die Mitteilung: „Die Anmeldung kostet 10 Mark." (Anm.: Mark der ‚DDR', aber für mich aufgrund des Zwangsumtausches natürlich gleichzeitig DM.). Diese Ansage überraschte mich nicht, konnte doch eine so wichtige und zeitraubende Amtshandlung nicht kostenfrei sein.

Ich entrichtete diese Verwaltungsgebühr aus dem am Vortag getätigten Zwangsumtausch. Damit ging also nach dem geringen Taxensalär des vergangenen Abends der erste namhafte Betrag aus meiner Umtauschkasse, und zwar zugunsten der Staatskasse des Gastlandes ‚DDR'. Wie hätte es auch anders sein sollen.

Daraufhin bekam ich mit der Zahlungsquittung, einem kleinen vergilbten Zettel, einen großformatigen Stempel, der mehr als eine halbe Seite in Anspruch nahm, in meinen Pass und war nunmehr nach über drei Stunden amtlich ordnungsgemäß angemeldet.

„Und vor Ihrer Ausreise haben Sie sich hier ordnungsgemäß wieder abzumelden." lautete die strenge Vorgabe des uniformierten Amtswalters.

Die ganze Prozedur, wenn sie denn überhaupt erforderlich war, hätte auch innerhalb weniger Minuten abgewickelt werden können. Aber dem Westler gegenüber musste in gehörigem Maße Staatsmacht demonstriert werden, so mein Eindruck, und zudem die Abhängigkeit des Besuchers vom Wohlwollen der ‚DDR'- Behörden, hier der Volkspolizei. Tatsächlich war die zögerliche und zeitraubende Bearbeitung meiner Anmeldung reine Schikane gegen den „Kapitalisten" aus der BRD. Außer mir war in der ganzen Zeit niemand dort gewesen, der irgendein Anliegen bei der Polizeistelle hätte vorgebracht haben können.

Die Eintragung vom Vorabend in das Hausbuch, die alle auch nun erhobenen Angaben enthielt, und – selbstverständlich – der Volkspolizei zugeführt wurde, reichten nicht aus, vielmehr musste dem vermeintlich privaten Hausbuch die amtlich-staatliche Anmeldung auch formell folgen. Außerdem musste noch abkassiert werden, denn die Eintragung ins Hausbuch war ja kostenfrei.

Überwachung und Kontrolle also auf Schritt und Tritt. Und genau dieses Gefühl sollte den Westbesuchern auch vermittelt werden. Ihnen wollte man es schon zeigen, was ja auch gelang.

Erleichtert in dem Gefühl, einer weiteren staatlichen, völlig überflüssigen Anforderung des Gastlandes ‚DDR' genüge getan zu haben, verließ ich den überhitzten Klappenraum und sodann das Polizeigebäude und lenkte meinen alten Audi 80 zurück zur Wohnung von Schwisselers in die Oelgrube.

Kapitel 9

Danach machte ich mich dann auf den Weg zum Archiv in die König-Heinrich-Straße. Nun sah ich erstmals die ‚DDR‘ bei Tageslicht. Was sich mir da an Bildern bot, war alles sehr ungewohnt.

Die Häuser waren alle nahezu grau bis dunkelgrauanthrazit, Ton in Ton sozusagen. Es fand sich kein Farbtupfer an den Gebäuden, keine frischen Anstriche. Alles war wie von einem dunklen Grauschleier bedeckt, wirkte ungepflegt und war teils auch schmutzig.

Das war es also nun offensichtlich, das Gesicht der ‚DDR‘, zumindest ein Teil davon. Die Straßen, meist mit Kopfsteinpflaster belegt, waren nicht sehr befahren. Gelegentlich knatterten „Trabanten“ („Trabbis“) oder „Wartburgs“ darüber, auch mal eine „Simson-Schwalbe“, und natürlich die Fahrzeuge der allgegenwärtigen Volkspolizei. Eine Straßenbahn zog sporadisch über ihre Gleise, Busse sah man natürlich auch.

Später sollte ich auch den anderen Teil des Gesichts der ‚DDR‘ zu sehen bekommen, nämlich die Landsleute in der ‚DDR‘.

Mit Glück bekam ich vor dem Archivgebäude einen Parkplatz. Das Archiv-Gelände war mit einer mannshohen, natürlich grauen Mauer umgeben, an der einen offenen Seite verliefen Bahnschienen.

Den Durchgang durch die Mauer und damit den Zugang zum Gelände und zum Archiv versperrte eine Eisengitterpforte. Diese wurde erst nach Anmeldung über eine Gegensprechanlage vom Haupthaus aus geöffnet. Unbefugt bekam man keinen Zutritt.

Auf mein Klingeln und die entsprechende Nachfrage hin stellte ich mich über die Sprechanlage vor. Nach kurzer Pause surrte der Schließer, entriegelte das Tor und gab mir so Zugang zum Gelände und damit auch zum Gebäude des Archivs.

Ich ging also den Sandweg, der diagonal durch eine Rasenfläche führte, zum Archivgebäude, das ich über eine freie Außentreppe betrat. Sie führte mich ins Hochparterre.

Das Gebäude war alt, erbaut schätzungsweise um 1900, eher noch davor, natürlich auch mit besagtem Grauschleier belegt.

Im Eingangsflur traf ich zunächst auf eine Einlasskontrolle. Bei der freundlichen Dame, die hinter einem Tisch saß, stellte ich mich vor und legte ihr meine Benutzungsgenehmigung der Archivverwaltung des Innenministeriums der ‚DDR' vor. Sie prüfte die Bescheinigung und griff sich dann eine Mappe, in der sich offensichtlich meine Anmeldeunterlagen befanden. Ich war also – natürlich – bereits vom Innenministerium dort avisiert und auch schon angemeldet worden.

Die Dame überreichte mir nun eine Art Personalbogen, den ich mit meinen persönlichen Daten, Benutzungsdauer, Forschungsauftrag mitsamt Auftraggeber, Forschungsthema und Arbeitsziel, also Anfertigung einer Dissertation für die Universität Kiel, umfangreich und vollständig ausfüllen und mit Datum versehen unterschreiben musste. Dafür setzte ich mich an einen Tisch, der im Eingangsbereich für diese Zwecke bereitstand. Die Angaben, die ich auf diesem Bogen einzutragen hatte, waren den Behörden, so natürlich auch dem Archiv, längst bekannt, hatte ich sie doch bereits im Antrag auf Benutzung mitteilen müssen. Aber doppelt hält eben besser.

Geduldig füllte ich also auch diesen Personalbogen aus und reichte ihn dann der freundlichen Dame im Empfang zurück. Sie überflog kurz die Eintragungen und prüfte sie auf Vollständigkeit, zeichnete dann auf dem unteren Teil des Scheines mit ihrem Namenszeichen gegen und legte ihn in die zuvor herausgesuchte Mappe mit meinen übrigen Unterlagen.

Dann gab sie mir eine Benutzerkarte, einen Ausweis quasi, den sie zwischenzeitlich ausgefüllt hatte. Diese Karte war etwa halb so groß wie eine Postkarte und enthielt unter dem aufgedruckten Kopf des Archivs meinen Namen, die Benutzungsdauer und eine Benutzernummer. Dazu bekam ich eine zweite Karte etwa gleicher Größe, die nur meinen Namen und die Benutzernummer enthielt, beides handschriftlich aufgetragen.

„Die Benutzerkarte legen Sie hier bitte täglich bei Betreten des Gebäudes vor. Daran sehen wir, dass Sie im Haus sind und arbeiten. Die Karte mit der Benutzernummer nehmen Sie bitte stets mit in den Lesesaal, Sie benötigen die Nummer für eventuelle Bestellungen von Fotokopien bzw. Fotografien von Unterlagen. Beide werden nur auf Bestellung und nur vom Archiv angefertigt. Die bekommen Sie dann später zugeschickt."

Nun war ich also auch darüber instruiert. Es lief somit hier alles über Bestellung, man selbst durfte keine Kopien von Aktenteilen fertigen.

„Dort drüben ist die Garderobe, dort lassen Sie Ihre Jacke. Die Tasche, die Sie dabei haben, und andere Gegenstände deponieren Sie bitte in einem der Fächer dort neben der Garderobe. Schließen Sie dort bitte alles ein und nehmen Sie den Schlüssel an sich."

Ich tat also, wie mir geheißen, und fand mich dann mit einem kleinen Hefter mit Unterlagen aus Kiel und zahlreichen Blättern Schreibpapiers wieder bei der Dame ein.

„Meine Kollegin bringt Sie jetzt in den Lesesaal, dort können Sie dann Ihre Arbeit beginnen." Auf einen kurzen Anruf hin kam sogleich die Kollegin und führte mich in besagten Lesesaal, der sich auf selbiger Etage wie der Eingangsempfang befand und über einen kurzen Flur erreicht wurde.

Kapitel 10

Der Lesesaal war ein größerer, hoffnungslos überheizter Raum, so mein erster Eindruck, mit ca. 4 – 5 längeren Tischreihen. Für jeden Arbeitsplatz stand ein großer Tisch zur Verfügung. Vier Männer und Frauen saßen dort und arbeiteten bereits, über Akten gebeugt, in dem Saal.

Ich wurde an meinen vorher festgelegten Arbeitsplatz geführt, auf dem bereits einige großformatige dickere Hefte lagen.

„Das sind Findhefte." erläuterte mir im Flüsterton die hilfsbereite Mitarbeiterin, „darin sind jeweils Aktenbestände katalogisiert, und zwar teils nach Personen, teils nach Themen, aber auch und in erster Linie nach der Herkunft, also beispielsweise Preußisches Innenministerium. In diesen Findheften sind die einzelnen vorhandenen Akten zu den Themenbereichen aufgeführt. In jeder Akte befindet sich auf der Innenseite des vorderen Deckels ein Benutzerzettel, auf den Sie sich bitte mit Namen und Datum der Benutzung eintragen.

Jede Akte hat eine bestimmte Signatur. Wollen Sie in einer Akte arbeiten, so bestellen Sie dieses mit solch einem Bestellzettel." Dabei legte sie mir mehrere entsprechende Vordrucke vor, auf die die Signaturen der benötigten Akten einzutragen waren. „Die Akten bekommen Sie dann an Ihren Platz gebracht. Die Signatur für jede Akte entnehmen Sie den Findheften. Sofern Sie von einzelnen Blättern der Akten Kopien oder Fotografien benötigen, bestellen Sie sie auf diesem Vordruck, für jede Akte ist ein gesondertes Formular zu benutzen."

Nun war ich zunächst einmal mit den notwendigen Utensilien ausgestattet und über die Bearbeitung der Akten informiert. Daher begann ich auch gleich mit der Suche in den Findheften nach geeignet erscheinenden Akten, in denen Unterlagen über Eulenburg, Preußisches Innenministerium, Kreis-Ordnung, Preußischer Landtag zu vermuten waren. Da Eulenburg vor seiner Zeit als Innenminister als Außerordentlicher Gesandter und bevollmächtigter Minister eine dienstliche Expedition nach Ostasien unternommen und geleitet hatte, um mit China, Japan und dem damaligen Siam,

dem heutigen Thailand, Freundschafts-, Handels- und Schiff-
fahrtsverträge abzuschließen, waren natürlich auch Unterlagen des Ministeriums für auswärtige Angelegenheiten darüber von Interesse und Bedeutung.

Und diese Suche war auch sehr bald erfolgreich. Ich fand
diverse Akten, die schon von der Bezeichnung her auf Unterlagen zu dem von mir zu bearbeitenden Themenkreis schließen ließen. Auf besonderen Vordrucken notierte ich die entsprechenden Signaturen und gab diese Bestellzettel dann der
Archivmitarbeiterin.

Bereits nach kurzer Zeit, manchmal nach wenigen Minuten, bekam ich dann die bestellten Akten an meinen Arbeitsplatz gebracht und konnte somit unmittelbar in die Erfor-
schung des Lebens und Wirkens des Ministers Fritz Eulenburg einsteigen.

Die Mitarbeiterinnen, die dort im Archiv tätig waren –
beschäftigt waren ausschließlich Frauen -, waren allesamt
ausgesprochen freundlich und hilfsbereit. Zudem kannten sie
sich in den Archivbeständen sehr gut aus. Nicht nur, dass ich
die Vielzahl der bestellten Akten stets sehr kurzfristig gebracht bekam, ich erhielt auch häufig wertvolle Tipps auf
Aktenbestände, die für meine Forschungen von Bedeutung
sein konnten, und regelmäßig war das dann auch der Fall.
Diese kenntnisreiche Aufmerksamkeit und das unermüdliche
Herantragen von Akten waren schon sprichwörtlich. Beides
nahm ich dankend entgegen, wurde mir dadurch doch meine
Arbeit nicht nur erleichtert und beschleunigt, bei der Vielzahl
von vorhandenen Unterlagen wurde mir deren umfassende
Bearbeitung in der zur Verfügung stehenden Zeit von gerade
einmal knapp zwei Wochen in vielen Teilen erst ermöglicht.

Ich spürte dabei zu keinem Zeitpunkt auch nur geringste Vorbehalte gegen mich als Westler, die Betreuung hätte schlicht nicht besser sein können. Diese Tatsache verdient angemessene Feststellung und ansprechende Würdigung.

Für diese zuvorkommende Hilfe habe ich mich nach einigen Tagen dann auch mit herzlichen Dankesworten und mit einem Pfund westlichen Bohnenkaffees bedankt. Strahlende Gesichter und ihrerseits ein herzliches Dankeschön für den Kaffee waren die einhelligen Antworten aller Mitarbeiterinnen.

So konnte ich dann eine Vielzahl von Akten durchsehen, oftmals war ich der erste Bearbeiter auf der Eintragungsliste, und dabei eine Fülle von Fotografien von Aktenblättern bestellen, insgesamt ca. 3.500 Seiten. An dieser Zahl mag man die vorhandene Menge an wichtigem und bedeutungsvollem Material für meine Dissertation ermessen.

Kapitel 11

Bereits am ersten Tag nach meiner Ankunft in Merseburg wurde ich ‚Opfer' eines vielleicht sogar noch jungen Souvenirjägers.

Jedes West-Auto, also auch mein älterer Audi 80, war in der ‚DDR' natürlich Blickfang für die Einheimischen und weckte bei einigen ausgeprägte Sammelleidenschaft hinsichtlich westlicher Trophäen.

Als ich also abends vom Archiv zu meinem Wagen kam, um nach Hause zu Frau Schwisseler zu fahren, bemerkte ich, dass am Fahrzeug etwas fehlte. An der Kofferraumhaube war der Chrom-Schriftzug „Audi 80" entfernt worden, und zwar, wie gleich ersichtlich, auf ziemlich unsanfte Art. Der Sammler hatte nämlich einen Schraubenzieher oder ein ähnliches Werkzeug hinter den Schriftzug gestoßen und ihn so abgebaut. Dabei war die Spitze des Werkzeugs deutlich sichtbar in den Lack gedrückt worden, fast bis auf das Metall. Der Abdruck war deutlich zu erkennen, der Lack war nämlich in einem Streifen nahezu abgekratzt. Dieser Schriftzug war nicht, wie zwischenzeitlich durchgängig üblich, auf den Lack geklebt, sondern durch die Kofferraumhaube hindurch an zwei Stellen fest verschraubt, was natürlich die Entfernung maßgeblich erschwerte und zu dieser tiefen Beschädigung des Lackes geführt hatte.

Dieser Diebstahl ärgerte mich schon ein wenig, wenngleich er mich allerdings nicht sonderlich überraschte. Es war also nicht nur der „Stern" eines anderen Fabrikats eine bedeutsame Trophäe (er war es übrigens bei einigen Jugendlichen bei uns im damaligen Westen gleichermaßen und ist es bei einigen Unbelehrbaren teils auch heute noch.), sondern ganz offensichtlich jedwedes Teil westlicher Provenienz, so auch der Namenszug „Audi 80". Es war nicht so sehr dessen Verlust, der mich verstimmte, vielmehr ärgerte mich die nachhaltige Beschädigung des Lackes, die nun repariert werden musste, um das Rosten zu verhindern. Allerdings habe ich es verschmerzt und es letztlich positiv gesehen. Eine eingeschlagene Scheibe o.ä. wäre ungleich schlimmer gewesen und hätte dann richtige Probleme geschaffen.

Kapitel 12

Es war mir unangenehm, dass Frau Schwisseler, die werktags sehr früh zur Arbeit ging, mir morgens immer schon ein Frühstück zubereitete. Daher fragte ich sie, ob es eine Gaststätte gäbe, in der ich frühstücken könnte (ich musste ja auch kontinuierlich den ‚Zwangsumtausch' abarbeiten). Bei aller Bemühung fiel ihr da zunächst nichts ein. „Aber im Bahnhof, in der ‚Mitropa', kann man auch schon morgens etwas essen." hatte sie dann doch eine gute Idee.

‚Mitropa' war in der ‚DDR' eine Gesellschaft, die Reisende u.a. auf Bahnhöfen und in Speisewagen bewirtete, so auch im Wartesaal des Bahnhofs in Merseburg.

Von da ab kehrte ich also morgens auf dem Weg zum Archiv immer erst einmal im Bahnhof bei der ‚Mitropa' zum Frühstücken ein.

Der Wartesaal machte seinem Namen alle Ehre. Bei uns hätte man gesagt: "Wartesaal 3. Klasse". Ein schmuckloser, dunkler Raum, dessen Wände ziemlich sicher nach dem Krieg keine frische Farbe mehr gesehen hatten, mit dazu passender einfachster Möblierung. Kleine runde Tische standen dort, umstellt mit kargen Holzstühlen. Hieran angeglichen war das Angebot der Restauration. Man reihte sich mit einem Tablett an dem Selbstbedienungstresen an und wählte aus dem spärlichen Angebot belegte Brötchen mit Wurst oder Käse, dazu Kaffee oder Tee, das alles zu einem niedrigen Preis, insgesamt ca. 1, 50 bis 2 Mark.

Diese Gaststätte war mäßig besucht, allerdings nach meinem Eindruck nicht nur von auf Züge wartenden Reisenden, wie ich es ja auch keiner war. Auffällig war, dass einige

Gäste auch morgens schon zum Teil nachhaltig alkoholischen Getränken zusprachen. Bier ging nahezu besser als feste Nahrung. Diese flüssige Beköstigung gab es allerdings nicht per Selbstbedienung, sie wurde serviert. Die Bedienungskräfte waren ganz gut ausgelastet.

In dieser quasi Reisegaststätte herrschte sehr gedrückte Stimmung bei den Anwesenden. Keine angeregte oder freundliche oder gar freundschaftliche Unterhaltung, schon gar keine Fröhlichkeit oder mal ein Lachen. In dieser Atmosphäre hat wohl, so ging es mir wiederholt durch den Kopf, so mancher oder auch so manche versucht, sich den grauen Tag und ein eben solches Leben schön zu trinken, so gut es überhaupt ging.

Natürlich erinnerte ich mich dabei des älteren, auf der Straße liegenden betrunkenen Herrn in Halle, den ich fast überfahren hätte.

Einigermaßen gesättigt ging es dann ins Archiv zum Arbeiten.

Zum Mittagessen fuhr ich meistens in eine Gaststätte in der Nähe von Schwisselers Wohnung. Sie gehörte, so Frau Schwisseler, zu den besseren Restaurants in Merseburg.

Bei meinem ersten Besuch, ich kannte ja die Gepflogenheiten in der ‚DDR' noch nicht, setzte ich mich freiweg an einen leeren Tisch, wie ich es von Zuhause gewohnt war.

„An diesem Tisch wird nicht serviert." belehrte mich der Kellner nicht gerade freundlich, aber sehr bestimmt. „Wo wird denn heute serviert?" fragte ich. Daraufhin führte er mich an einen Tisch mit sechs Plätzen, an dem bei der dort sitzenden Gruppe noch ein Stuhl frei war. „Hier, bitte schön." wies er mir den letzten freien Platz am Tisch zu.

Man durfte sich also nicht einfach nach eigener Auswahl wie bei uns im Westen an einen Tisch setzen, sondern hatte den Ober nach einem Platz zu fragen. „Man wird platziert." So war es ‚DDR'- weit die Regel.

Nun bekam ich die Speisekarte, auf der eine Vielzahl von Gerichten angeboten wurde. Die Preise bewegten sich zwischen 2,50 Mark und ca. 4.50 – 5,00 Mark. Auffällig, da für mich ungewohnt, waren die regelmäßig „krummen" Preise, also etwa 2, 78 Mark oder 3,17 Mark. Kaffee kostete 83 Pfennige.

Nachdem ich bei dem Versuch, ein Essen zu bestellen, mehrfach vom Ober „Ist ausverkauft." oder aber „Ist heute nicht im Angebot." gehört hatte, fragte ich, um weitere Fehlschüsse zu vermeiden, was denn heute im Angebot sei. Daraufhin reduzierte sich die Fülle von Angeboten der Speisekarte auf etwa drei Gerichte, von denen ich dann auch schnell eines ausgewählt hatte: Rindfleisch in Meerrettichsoße für 2,67 Mark.

Von der Menge und vom Geschmack her war das Gericht zwar nicht erste Qualität, aber man konnte es schon ganz gut essen, wenn man nicht allzu verwöhnt war. Und das war ich nicht.

Es gab allerdings niemals frischen Salat als Beilage. An einer kleinen Salatbar konnte man sich selbst bedienen. Angeboten wurden da z.B. regelmäßig rote Bete, quasi die Standardbeilage, oder aber grüne Bohnen und Sellerie, alles sauer eingelegt und natürlich aus der Dose. Auch an verschiedenen Tagen wechselte das Salatangebot nicht. Aber für die aus unserer Sicht niedrigen Preise konnte man wohl auch nicht mehr erwarten.

Kapitel 13

Zu dem Mittagessen wurde ein Besteck gereicht. Dieses Besteck war von besonderer, für mich ungewöhnlicher Art. Es war aus Aluminium, nahezu federleicht, kleiner als bei uns im Westen übliche Gabeln und Messer, also insoweit in etwa vergleichbar mit den bei uns gebräuchlichen Plastik-Einmalbestecken für Partys.

Die Plastik-Gabeln hatten jedoch deutlich spitzere Zinken, die Party-Messer waren mit den Sägeschneiden mit Abstand schärfer als die in ‚DDR'-Gaststätten offensichtlich durchgängig verwendeten Aluminium-Essgeräte, welche auch hinsichtlich ihrer Stabilität ihre westlichen Kunstoffkolleginnen und –kollegen nicht wesentlich übertrafen.

Einen Härtetest habe ich allerdings nie gewagt, um mich ggf. nicht schadensersatzpflichtig zu machen.

Mit dem Messer musste beispielsweise Fleisch mehr durchgedrückt als geschnitten werden, weil die Schneiden, wohl wegen des weichen Materials und aufgrund langjährigen Gebrauchs, auch Reste an Schärfe nicht mehr erkennen ließen und deshalb ihre Bezeichnung nicht verdienten.

Wollte man mit den Gabeln z.B. Kartoffeln zerdrücken, so hielten erstere nicht ihre Form, wodurch man sich spontan als kleiner Uri Geller wähnte. (Uri Geller ist ein Zauberkünstler, der ohne Kraftaufwand, nur durch einfache Berührung, Gabeln und Löffel verbiegen konnte.)

Diese Art der Aluminium-Bestecke hatte ich bereits in einem anderen Gefängnis kennen gelernt.

Als Gerichtsreferendare hatten wir in der Ausbildungs-station bei der Staatsanwaltschaft bei dem Landgericht Kiel die Möglichkeit, für einen Tag einen dienstlichen Aufenthalt in der Justizvollzugsanstalt (Anm.: Gefängnis) Kiel zu erle-ben. Dieses Angebot hatte ich wahrgenommen. Dort konnten wir Zellen von Strafgefangenen und Untersuchungshäftlin-gen – mit deren Genehmigung - besichtigen, desgleichen die in der Anstalt eingerichteten handwerklichen Werkstätten wie beispielsweise Tischlerei, Schuhmacherei und Buchbin-derei. Zudem hörten wir Vorträge des Anstaltsleiters und des Psychologen.

Zur Mittagszeit nahmen wir in der dortigen Kantine eine warme Mahlzeit ein, die auch alle Einsitzenden beka-men. Und dort wurde von gleichartigen Bestecken gegessen, wie ich sie nunmehr in der Gaststätte in Merseburg vorfand.

Der Anstaltsleiter in Kiel erläuterte uns danach auf Nachfrage, die Bestecke in dieser weichen und stumpfen Aluminiumausführung seien erforderlich, um den Gefange-nen nicht die Möglichkeit von (Selbst-) Verletzungen zu ge-ben, zudem dürften sich die Bestecke nicht als Ausbruchs-werkzeuge eignen.

Ich kann nicht verhehlen, dass mich (auch) die Bestecke in Merseburg an den Tag im Kieler Gefängnis erinnerten.

Gleichwohl aß ich in der Merseburger Gaststätte stets mit gutem Appetit das angebotene Essen, wobei allerdings das tatsächliche Speisenangebot nicht immer für jeden Wo-chentag ein anderes Gericht zur Auswahl stellte.

Dazu trank ich meistens ein Cola-ähnliches Getränk, ei-ne Art dunkle Limonade, wohl auch koffeinhaltig, eine helle Limonade oder ein Mineralwasser.

Aber auch damit konnte ich mich arrangieren.

Es luden also weder das Lokal noch das Essen zu längerem Verweilen ein, und so war ich meist schon bald wieder im Archiv, um dort auch die zweite Tageshälfte zu arbeiten, die knappe Zeit intensiv zu nutzen.

Gleichwohl war diese Gaststätte mein tägliches Ziel zur Mittagszeit. Einmal mangels besserer und günstigerer gelegener Alternative, zudem musste ja auch der Zwangsumtausch abgearbeitet werden.

Kapitel 14

Schon nach zwei bis drei Tagen hatte ich meinen festen Tagesablauf mit dem Frühstück in der Mitropa, dann bis ca. 12.30 h bis 13.00 h im Archiv, danach Mittagessen in der Gaststätte, anschließend erneut ins Archiv bis ca. 18.00 h, dann zurück ins gemütliche Heim zu Schwisselers.

In dieser Gaststätte lernte ich eine weitere, für mich ungewohnte Gepflogenheit kennen. Da ich ja für mich nie einen Tisch allein bekam, sondern immer zu anderen Gästen „platziert" wurde, fiel mir schon bald auf, dass Gruppen oder auch Paare, die gleichzeitig ihr Essen bestellt hatten, es nicht zeitgleich auch gemeinsam serviert bekamen. Das Gericht, welches zuerst fertig war, wurde dem Gast, der es bestellt hatte, gebracht, die anderen hatten auf ihr Essen zu warten. Sobald die Speise serviert worden war, fing die so begünstigte Person sogleich vor den anderen hungrigen Wartenden an zu essen. Es gab also auch für eine Gruppe, nicht einmal für ein

Paar, keine gemeinsame Mahlzeit, sondern man aß zeitlich versetzt in Etappen.

Gleichermaßen wurde nach dem Essen verfahren. Sobald ein Gast fertig gegessen hatte, wurde sein Geschirr sofort abgeräumt, natürlich während die anderen noch weiteraßen.

Die bei uns gute Sitte, dass bei gemeinsamen Bestellungen von Mahlzeiten allen gleichzeitig serviert und das Geschirr erst dann abgeräumt wird, wenn alle fertig gegessen haben, war hier nicht üblich. Ich war anfangs überrascht und brachte für diese Unsitte keinerlei Verständnis auf.

Bei Schwisselers aßen wir dann gemeinsam zu Abend. Dazu gab es öfter Letscho aus einem Glas. „Mögen Sie Letscho?" hatte Frau Schwisseler gefragt. Ich musste bekennen, dass ich Letscho nicht kannte, nicht einmal die geringste Vorstellung davon hatte, was sich hinter diesem Begriff verbergen könnte. Sie zeigte mir daraufhin ein Glas davon und erläuterte, dass es eine Beilage aus Paprika, Tomaten und Zwiebeln sei. „Natürlich mag ich Letscho, sieht ja richtig lecker aus." erklärte ich spontan. Und so bekam ich dann Letscho. Es schmeckte auch wirklich gut und war pikant gewürzt. Sie sagte, es käme aus Ungarn. Ihr war anzumerken, dass sie mir mit Stolz und Freude Letscho servierte. Sie war zufrieden darüber, dass es mir schmeckte, was ich wiederholt betont hatte.

Später bekannte Frau Schwisseler einmal, sie habe vor meinem Besuch das eine oder andere Glas Letscho nur mit viel Mühe kaufen können, schon lange Zeit vorher, da es nur sehr selten angeboten würde und dann auch immer schnell ausverkauft gewesen sei.

Anschließend klönten wir bei Bier meist bis in die Nacht hinein, und zwar über Gott und die Welt.

Es wurden auch Tageserlebnisse ausgetauscht, gelegentlich hörte ich etwas Lästerliches über die ‚DDR'.

„Bei uns gibt es ja kein Schlangestehen." berichtete nicht ohne Stolz, so zumindest mein Eindruck, Sohn Heiko. Diese Mitteilung überraschte mich schon ziemlich, war doch gerade das Schlangestehen, wonach auch immer, bekanntlich Gang und Gäbe in der ‚DDR'. Es war ja auch keine Fabel, dass man sich wahllos an das Ende von Warteschlangen einreihte, oft ohne zu wissen, was es eigentlich am Beginn der Schlange zu kaufen gab und ob nicht der Vorrat bereits erschöpft sein würde, bevor man sich nach vorne durchgestanden hatte. Allein die Tatsache, dass es etwas zu kaufen gab, was auch immer, was ja keine Selbstverständlichkeit war, animierte zum Anstellen.

Und kam man mit Glück noch dran und war der Vorrat noch vorhanden, kaufte man. Wurde etwas angeboten, was man eigentlich gar nicht gebrauchen konnte oder was einem überhaupt nicht gefiel, so wurde es meistens trotzdem gekauft, da es beispielsweise als Tauschobjekt später doch noch von Nutzen sein konnte.

Da Heiko meine Überraschung und fast schon Sprachlosigkeit über seine Behauptung natürlich sofort bemerkte, löste er auch recht zügig seine für mich rätselhafte und unerklärliche Bemerkung auf: „Wir bilden sozialistische Wartegemeinschaften." erläuterte er mir mit einem verschmitzten Lächeln.

Ich musste von Herzen lachen ob dieser Selbstironie über den eigenen Staat und den in den Ostmedien immer wieder und lauthals beschworenen wirtschaftlichen Erfolg des Sozialismus der ‚DDR'. Ich fand die Bemerkung auch mutig, hätte Heiko sich damit doch auch deutlichen Ärger einhandeln können, wäre sie nämlich in falsche Ohren geraten.

Selbst wenn diese Redewendung intern in der ‚DDR' vielleicht sogar gängig gewesen wäre – ich habe sie weder vorher noch nachher jemals von einem Bürger der ‚DDR' gehört -, so wäre sie, ausgebracht gegenüber einem Besucher aus dem kapitalistischen Westdeutschland, in dieser deutlichen Verhöhnung der ‚DDR' allemal ein massiver Frevel, wahrscheinlich sogar eine strafbare Handlung nach ‚DDR'-Recht gewesen.

Ähnlich verhielt es sich mit der Feststellung, die Herr Schwisseler eines Abends ziemlich unvermittelt „vom Stapel ließ".

„In Berlin (Anm.: gemeint war natürlich nach unserem Sprachgebrauch Ost-Berlin, dort aber ‚Hauptstadt der DDR') gibt es ein großes Kaufhaus, in dem man alles kaufen kann."

Spontan konnte ich mit dieser Bemerkung so recht gar nichts anfangen. Bekannt war natürlich, dass bei der allgemeinen Warenknappheit die ‚Hauptstadt der DDR' bei der Versorgung sehr bevorzugt bedient wurde. Außerdem überraschte es mich nicht, obwohl ich Ost-Berlin nicht kannte, dass es dort auch ein großes Kaufhaus geben sollte, dem Hauptstadt-Image angemessen.

Aber mit dem Hinweis hatte es noch nicht sein Bewenden. Herr Schwisseler erläuterte einige Augenblicke später: „Das Kaufhaus heißt ‚Prinzip'."

Auch diese Ergänzung half mir eigentlich nicht recht weiter, um auf den Kern zu kommen, den Herrn Schwisselers

Hinweise zweifellos hatten, der sich mir aber auch jetzt noch nicht erschloss. Warum sollte es nicht auch ein Kaufhaus mit diesem – zugegeben ausgefallenen - Namen geben? Um Wortschöpfungen war man ja in der ‚DDR' nicht verlegen, denke ich beispielsweise an „Karl-Marx-Stadt" für Chemnitz oder aber „Broiler" für Brathähnchen, warum denn nicht auch ein Kaufhaus namens „Prinzip".

„In Berlin gibt es im Prinzip alles." Mit diesem Schlusssatz von Herrn Schwisseler zu diesem Thema war natürlich klar, was sie gemeint hatte. Selbst in dem gut versorgten Berlin gab es eben auch nicht alles, sondern nur im Prinzip, also grundsätzlich. Auch diese kleine Geschichte war somit eine Anspielung auf die schlechte Versorgungslage in der ‚DDR', selbst in der Hauptstadt, trotz des offiziell doch stets als ach so erfolgreich propagierten Sozialismus' in der ‚DDR'.

Aber diese Anspielung brachte auch die Kritik der Bevölkerung an der Selbstbedienungsmentalität der 'DDR'-Oberen zutage, in erster Linie sich selbst in Ost-Berlin angemessen zu versorgen, was natürlich zwangsläufig zulasten der Bevölkerung des übrigen Landes ging und gehen musste. Ein gerüttelt' Maß an Kritik der sog. einfachen Leute an der Parteiführungsclique, die den Bürgern Wasser als Wein zu verkaufen suchte, sich selbst aber reichlich und durchgängig an Champagner labte und es sich auch ansonsten gut gehen ließ.

Eine kleine Aufmüpfigkeit der Ostdeutschen gegen ihr ihnen aufoktroyiertes Staatssystem und dessen korrupte und gewalttätige Repräsentanten einschließlich deren Helfershelfer, ansonsten hatte man sich in sein Schicksal zu fügen.

Kapitel 15

Bei unserem allabendlichen gemütlichen Beisammensein tranken wir, wie gesagt, auch regelmäßig das eine oder andere Bier. Es schmeckte anders als unser westdeutsches Gebräu, natürlich, aber man konnte es ganz gut trinken.

Hätte ich allerdings bereits damals von dem Gerücht um das dortige Bier gewusst, das wegen der glaubhaften Quelle wohl gar kein Gerücht war, sondern lediglich eine Tatsache verbreitete, so hätte ich möglicherweise andere Getränke bevorzugt, Wein beispielsweise.

Das ‚DDR' –Bier soll nämlich, was ich erst nach der Grenzöffnung 1990 erfuhr, zum Erreichen des biertypisch herben bis bitteren Geschmacks anstelle von Hopfen mit Ochsengalle versetzt worden sein.

Diese Andeutung entbehrt nicht einer deutlichen Plausibilität.

Hopfen ist ein sehr teurer Bestandteil des Bieres. Da er in der ‚DDR' nicht angebaut wurde, hätte er gegen teure Devisen aus der Tschechoslowakei oder Bayern importiert werden müssen. Dafür war aber verständlicherweise kein Geld im Staatssäckel. Und so kam offensichtlich irgendwann eine parteitreue Seele auf die Idee mit der Ochsengalle als einer Ingredienz fürs Bier. Ochsengalle stand ja in den Schlachthöfen quasi kostenlos in ausreichender Menge zur Verfügung und erhielt vor der Vernichtung daher augenscheinlich den Vorzug, das Bier zu würzen.

Auch aus anderer Sicht wird „ein Schuh" aus dieser Rezeptur.

Der Bitterstoff des Hopfens liefert ja nicht nur den charakteristisch herben Biergeschmack. Ihm verdanken wir auch die herrliche „Blume", die Schaumkrone, auf frisch gezapftem bzw. aus der Flasche gleichermaßen frisch eingeschenktem Bier. Je höher der Hopfengehalt des Bieres ist (z.B. beim ‚Pils'), desto kräftiger schäumt es und desto länger hält sich der Schaumpilz auf der beliebten „Gerstenkaltschale".

Das ‚DDR'-Bier entwickelte trotz des etwas herben Geschmacks kaum Schaumbildung, und dieser wenige Schaum fiel auch sehr bald vollständig in sich zusammen. Daraus wird auch faktisch plausibel, dass das Bier, das die Bevölkerung trank, nicht mit Hopfen gebraut, sondern mit Ochsengalle gewürzt wurde.

Nicht auszuschließen ist, dass für die Partei- und Regierungselite spezielles Bier mit Hopfen gebraut wurde. Vielleicht hat man aber auch für diese staats- und parteitragenden Persönlichkeiten korrekt gebrautes Bier importiert. Dies wäre nach der lateinischen Regel: „Quod licet Iovi, non licet bovi!" („Was dem Jupiter erlaubt ist, ist dem Ochsen noch lange nicht erlaubt.") eine angemessene Würdigung der Staats-Oberen mit einem der noch geringsten Privilegien gewesen.

Letztlich stellt sich auch und insbesondere die Frage, wie jemand das vermeintliche Gerücht mit der Verwendung der Ochsengalle überhaupt geboren haben sollte, wie irgendeiner eigentlich auf diese abstruse Idee gekommen sein konnte.

Nachträglich ausgedacht hat sich diese Prozedur sicherlich niemand. Vielmehr fand die praktische Handhabung dieser Bier-Rezeptur trotz selbstverständlich unbedingter Verpflichtung der Brauereibediensteten zu strengster Geheimhaltung ein Schlupfloch, durch das sie zumindest einigen außerhalb der „Brauereien" bekannt wurde und dann von Mund zu Mund eine gewisse Verbreitung erfuhr. Vielleicht ermöglichten auch erst der Fall der Mauer und die Grenzöffnung und der damit einhergegangene Machtverfall des Staates und seiner Organe die Veröffentlichung dieses und sicherlich weiterer Missstände.

Soweit dieser kleine Beitrag zur Lebens- und Genussmittelhygiene in der ‚DDR'.

Kapitel 16

Zwei Tage nach meiner Ankunft begann Frau Schwisseler, jeden Abend diverse Bleche mit Plätzchen zu backen. Als mir die Menge an Backwerk für die kleine Familie doch etwas zu groß erschien, fragte ich, wofür sie all' die Plätzchen benötigte.

„Selbstverständlich brauche ich die nicht alle für die Familie. Die meisten backe ich für einen guten Bekannten, unseren Schlachter. Dafür bekomme ich", und das sagte sie mit einem verschmitzten Lächeln, „hin und wieder etwas Fleisch und Wurst von unter dem Ladentisch."

„Von unter dem Ladentisch" bedeutete zweierlei. Einmal kam nicht alle Ware im Schlachterladen in den freien Verkauf. Es wurde nämlich einiges zurückbehalten, für besondere Gelegenheiten oder aber für ausgewählte Kunden. Hier wurde also das Prinzip der Gegenseitigkeit praktiziert. Der Schlachter bekam eine große Menge Weihnachtsplätzchen und gab dafür Frau Schwisseler Waren seines Angebots verdeckt ab.

Es war damit klar: „Manus manum lavat!" (Eine Hand wäscht die andere.)

Für Frau Schwisseler war diese Fleischer-Option von besonderer Bedeutung, waren doch gerade Fleisch- und Wurstwaren in der ,DDR' landläufig besonders knapp, vielleicht gerade wegen dieser besonderen Verkaufsstrategie oder aber zumindest verstärkt dadurch. Man half sich so eben gegenseitig. Jeder war also bemüht, sich auf irgendeine Weise solch besondere Quellen für die Versorgung zu erschließen und zu sichern.

Bemerkenswert ist, dass diese „Notversorgung" zu Beginn der 1980er Jahre, genauer gesagt, im November 1981, stattfand, zu einer Zeit also, als der schreckliche Krieg bereits seit über 36 Jahren beendet war. Diese Art der Versorgung wurde auch noch bis zum Niedergang der ,DDR' 1989/1990 praktiziert.

Die sozialistische Wirtschaftsordnung war also dann doch nicht in allen Bereichen so erfolgreich, wie die ,DDR'-Propaganda es allen glauben machen wollte.

Später, nach Öffnung der Grenzen und der Vereinigung im Jahre 1990, wurde mir einmal von einer (anderen) Ostlerin vorgehalten, die Ostdeutschen seien ja sehr viel hilfsbereiter untereinander gewesen als die Westdeutschen.

Dem konnte und kann ich so nicht folgen.

Fest steht, dass die Ostdeutschen in der ,DDR' durch deren auf die Nazi-Diktatur gefolgte SED- und Stasi-Diktatur mit der gelenkten Zwangs-Planwirtschaft nicht das Glück hatten, eine unseren im Westen erreichten bescheidenen Wohlstand auch nur annähernd ähnliche positive wirtschaftliche Entwicklung zu erreichen. Unsere wirtschaftliche Entwicklung wurde im Wesentlichen durch den ersten Bundeskanzler Dr. Konrad Adenauer und seinen maßgeblich für das westdeutsche sog. Wirtschaftswunder verantwortlichen Wirtschaftsminister Professor Dr. Ludwig Erhard ermöglicht und geprägt.

Ohne eigenes Verschulden der Bevölkerung, nämlich durch das unsägliche SED-Regime, hat sich bei den Ostdeutschen die wirtschaftliche Not des Krieges nicht nur fortgesetzt, sondern eher noch verschlimmert. Sie hatten nicht das Glück, wie wir Westler in freiheitlich-demokratischer Ordnung, die die Westmächte uns brachten und gewährten, ihr Wirtschaftsleben selbst und nahezu unabhängig und damit erfolgreich gestalten zu können.

Daher sehe ich die dargestellte, natürlich positive gegenseitige Hilfe in der ‚DDR' in erster Linie als eine Nothilfe im Rahmen von Zweckgemeinschaften an, die es in den ersten Nachkriegsjahren natürlich auch in den westlichen Bundesländern gegeben hat.

Insofern haben die alten und die jetzt neuen Bundesländer eine grundlegend andere Entwicklung genommen, die die Menschen in ihrer 40-jährigen Trennung auch in gewisser Weise hat anders werden lassen.

Vom Grundsatz her jedoch sehe ich alle Deutschen gleichermaßen hilfsbereit und tüchtig, auch im menschlichen Umgang. Dies wird sich durch weiteren Zeitablauf und die dadurch erfolgte weitere Annäherung noch deutlicher erweisen. Man wird es ab einem bestimmten, nicht mehr fernen Zeitpunkt als Selbstverständlichkeit erkennen und keiner weiteren Erwähnung mehr für erforderlich halten.

Kapitel 17

Im Merseburger Archiv kam ich in Bearbeitungspausen wiederholt mit zwei Forschenden ins Gespräch. Sie war Münchnerin und er Amerikaner, auch aus München.

In einer Pausenplauderei berichteten die beiden, dass sie in ihrem Inter-Hotel in Leipzig Karten für ein Gewandhauskonzert in Leipzig bestellt hätten. Natürlich wurde ich sofort hellhörig. Da ja nach Mitteilung von Frau Schwisseler sämtliche Konzerte bereits ausverkauft gewesen sein sollten, war ich mir ziemlich sicher, dass deren Bestellung keinen Erfolg haben würde. Gleichwohl bat ich darum, mir doch, wenn möglich, auch eine Karte zu besorgen.

„Das machen wir, ist doch klar, gar kein Problem." war die freundliche und hilfsbereite Reaktion des Münchener Paares, wenngleich ich allerdings keine Hoffnung hatte, eine Karte zu bekommen.

Zwei Tage später kam die Münchnerin im Archiv freudig auf mich zu und präsentierte mir zu meiner großen Überraschung eine Konzertkarte für ein Gewandhaus-Konzert mit dem Gewandhausorchester und diversen Solisten unter der Leitung von Kurt Masur.

„Hier ist Ihre Konzertkarte, wie versprochen." Ich war sehr erfreut und ebenso fast sprachlos. Damit hatte ich nun fast gar nicht gerechnet. „Wie haben Sie die Karte bekommen?" fragte ich neugierig. „Wir haben sie in unserem Inter-Hotel bestellt, dort bekommt man sie ohne Probleme." war die Antwort, als gäbe es nichts Selbstverständlicheres. „Sie kostet 20,- DM (Westwährung)."

Erfreut bezahlte ich die Karte und konnte mein Glück eigentlich immer noch nicht recht fassen, auch nicht, als ich die Karte bereits in Händen hielt. Und dann noch für diesen günstigen Preis.

Erst später stieg ich hinter das System. Die Karten standen also ganz offensichtlich nicht zum freien Verkauf für die einfache Bevölkerung. Ein gewisses Kontingent wurde sicherlich an verdiente SED-Parteigänger und Funktionäre oder andere ausgewählte Personen zugeteilt, ein anderer Teil wurde gegen westliche Devisen in den Inter-Hotels verkauft. An harten westlichen Devisen war in der ‚DDR' natürlich ständig reichlich Bedarf, man betrachte nur den Zwangsumtausch.

Die eigene Bevölkerung wurde hingegen mit dem Märchen vom Ausverkauf der Konzerte abgespeist.

Als ich Frau Schwisseler von der Karte erzählte, freute sie sich zwar sehr mit mir, sah mich aber doch enttäuscht und traurig an und konnte ihre Verärgerung, ja, auch ihre Wut darüber, dass sie keine Karte bekommen hatte, kaum verbergen, sie wollte dies wohl auch gar nicht.

„So machen sie es immer mit uns. Uns sagen sie, alles sei ausverkauft, und in Wahrheit werden die Karten gegen Westwährung verkauft und wir bekommen keine." sagte sie still und resignierend.

Kapitel 18

Frau Schwisseler, Sohn Heiko und ich machten einen Spaziergang durch die Stadt Merseburg.

Und nun sollte ich ein weiteres Gesicht der ‚DDR‘ zu sehen bekommen.

Wir gingen durch die Innenstadt, durch einigermaßen belebte Straßen, und so sah ich viele Einheimische, kaum West-Besucher darunter.

Es war für mich schon richtig erschreckend. Die Menschen im anderen Teil Deutschlands erlebte ich mit einhellig ernsten bis traurigen hängenden Gesichtern und blasser gräulicher Hautfarbe. Und das lag nicht (nur) an fehlender Schminke. Die Haut hatte nicht den natürlichen rosigen Schimmer, sondern wirkte eher aschfahl. Ich sah auch keine fröhlichen oder heiteren Mienen, selbst nicht in angeregten Unterhaltungen oder Gesprächen. Die Gesichter drückten eher Zorn, Verbitterung und Frustration aus, genauso wie die dazugehörigen Stimmen, auch wenn ich nicht verstand, was gesagt wurde. Viele Merseburger standen oder gingen auch mit gesenkten Köpfen. Schon nach kurzer Zeit konnte ich allein an den Gesichtern und dem ganzen Erscheinungsbild die Einheimischen erkennen, die sich von West-Besuchern doch so überaus deutlich unterschieden. Verschiedentliche Nachfragen bei Heiko bestätigten meine Einschätzungen. Auch die Kleidung war weitgehend von einem Grauschleier überzogen, nicht verschmutzt, sondern Ton in Ton in Grautönen, nur selten erblickte ich etwas Farbiges oder gar Buntes.

Diese Eindrücke machten mich sehr traurig und nachdenklich. Was mussten diese Menschen durchgemacht haben und noch täglich durchmachen, dass sie solche Empfindungen nach außen zeigten. Wie musste es in ihrem Innern aussehen, wenn es denn stimmt, dass das Gesicht der Spiegel der Seele sei. Keine Freude, keine Hoffnung, kein Lebensmut, Mangel an allem, nur eingesperrt sein, Unterdrückung, Gängelung, kein freies Wort, ständige Spioniererei der Stasi und Überwachung durch die Volkspolizei, auch durch Nachbarn und Kollegen, all' dies stand den Ostdeutschen erkennbar ins Gesicht geschrieben.

Diese Menschen nötigten mir Bewunderung ab, dass sie unter diesen schweren und unmenschlichen Bedingungen trotzdem durchhielten und die Zuversicht nicht vollends verloren. Und in mir stieg blanke Wut auf über dieses verbrecherische politische System, das die eigenen Bürger so gewaltsam unterdrückte und ihnen kaum die Luft zum Atmen ließ.

Beschämt und voller Peinlichkeit dachte ich unseren freiheitlichen Westen mit all' dem Wohlstand, jeder Freizügigkeit und Rechtsstaatlichkeit.

Kapitel 19

Heiko hatte sich angeboten, mir an einem Abend Leipzig zu zeigen. Natürlich hatte ich diesen netten Vorschlag sehr gern und sofort akzeptiert. Kurz entschlossen einigten wir uns auf den Freitagabend, es war der 20. November 1981. Der hatte den Vorteil, dass am Samstag das Archiv geschlossen hatte und Heiko auch nicht zur Schule musste.

Da wir abends auch etwas Alkoholisches trinken wollten, fuhren wir mit dem Bus in die Universitäts-, Musik- und Messestadt.

Tags zuvor wollten wir uns an der Bushaltestelle über die Abfahrtzeiten informieren. Der dort an einer völlig verrosteten Tafel ausgehängte Fahrplan war allerdings derart vergilbt, verschmutzt und teils zerrissen und somit kaum noch lesbar, dass ich mir nicht vorstellen konnte, dass er überhaupt noch gültig war. Er war es aber doch. Und so versuchten wir mit viel Mühe, noch einige Zahlen der Abfahrtszeiten zu entziffern, was nur sehr schwer gelang.

Zu der angegebenen Abfahrtszeit begaben wir uns dann zur Haltestelle. Zu meiner großen Überraschung kam in einem angemessenen Zeitrahmen auch tatsächlich der Bus und hielt sogar an der kaum als Haltestelle erkennbaren leichten Ausbuchtung des Straßenrandes. Ein deutliches Indiz dafür, dass der kaum leserliche Fahrplan doch noch gültig war.

So ließen wir uns also dann von dem betagten Gefährt die ca. 30 km durch mehrere Dörfer in einer knappen Stunde in das Stadtzentrum von Leipzig schaukeln.

Wir machten uns dann auf zu einem Spaziergang durch die Innenstadt, der hier nur in Auszügen wiedergegeben werden kann.

Es ging los beim Alten Rathaus, einem wunderschönen Renaissancegebäude, dann zur berühmten Thomaskirche. Vor ihr steht ein Denkmal Johann Sebastian Bachs, er ist in ihr beigesetzt. In ihr ist der berühmte Thomanerchor ansässig, der schon viele bekannte Sänger wie beispielsweise den weltberühmten Tenor Peter Schreier hervorgebracht hat. Vorbei am Neuen Rathaus, ebenfalls ein gewaltiger Bau mit einem über 100 m hohen Turm, gingen wir dann zur Universität. Hier sprang natürlich das quasi als dreieckiger Turm gebaute Hochhaus mit ca. 30 Stockwerken und über 140 m Höhe, das sich ganz oben nach einer Seite hin verjüngt, sofort ins Auge. „In dem Turm ist die Universitätsbibliothek untergebracht," berichtete Heiko, „daher heißt er im Volksmund auch ‚Weisheitszahn', einige sagen auch ‚Steiler Zahn'" Es war in dieser Höhe und Form schon ein imposantes Gebäude.

„Wenn ich mit der Schule fertig bin, will ich auch studieren." bekannte Heiko. „Aber so einfach geht es hier nicht. Um einen Studienplatz zu bekommen, muss man sich vorher vier Jahre bei der Armee verpflichten. Das ist schon eine richtig lange Zeit, aber es hilft ja nichts." Nach einer kleinen Pause fuhr er fort: „Aber bei der Armee werde ich mich nicht ‚tot' machen, ich habe keinen Ehrgeiz, dort viel zu werden. Ich werde versuchen, mich mit möglichst wenig Einsatz durchzulavieren. Wenn ich damit anecke, nehme ich auch den einen oder anderen Arrest in Kauf."

Dann wurde er doch sehr nachdenklich. „Ich muss nur aufpassen, dass ich nicht nach Schwedt komme. Dann wird es hart und gnadenlos." „Was ist in Schwedt?" unterbrach ich ihn. „In Schwedt ist das Militärgefängnis der ‚DDR', und das ist bekannt und gefürchtet für übermäßig harte Verbüßung von Strafen auch schon für geringere Vergehen. Es dringt ja kaum etwas nach außen, aber nach dem Wenigen, was man hört, soll es dort die Hölle sein. Wer dahin kommt, ist meist verloren. Der bekommt auch schon keinen Studienplatz mehr."

Die Unterhaltung war für einige Augenblicke versiegt. Ich merkte deutlich, wie sehr Heiko bei dem Gedanken an Schwedt doch sehr still und ängstlich bekümmert geworden war. In dem Gefängnis mussten also offensichtlich sehr schlimme, ja unmenschliche Zustände für die Gefangenen herrschen.

Wir kamen dann zum Gewandhaus, dem berühmten Konzerthaus mit dem weltweit bekannten und bedeutenden Dirigenten Kurt Masur und eben solchem Orchester. Ein eindrucksvoller Neubau, der nach langjähriger Bauzeit gerade vor wenigen Tagen eröffnet worden war. Dem gegenüber auf der anderen Seite des Karl-Marx-Platzes gelegen das neue Opernhaus, auch ein prächtiger Bau. Unser nächster Anlaufpunkt war die Nikolai-Kirche, die größte Kirche Leipzigs. Sie gewann Jahre später weltweite Berühmtheit. In ihr fanden im Sommer und Herbst 1989 die Leipziger Montagsgebete und die anschließenden friedlichen Demonstrationen statt, die letztlich zum Sturz des ‚DDR' –Regimes führten.

Natürlich durfte in unserem Rundgang der mächtige zweiteilige Hauptbahnhof nicht fehlen. Der östliche Teil war der sächsische, der westliche der preußische Teil. Ein wirklich schon sehr beeindruckender Sack- bzw. Kopfbahnhof, wohl der größte in Europa.

Kapitel 20

Nach diesem ausgedehnten Rundgang vorbei an den zahlreichen sehenswerten und beeindruckend bedeutsamen Gebäuden führte Heiko mich zum Ziel unserer kleinen Spaziertour in die Mädlerpassage und dort, genauer gesagt, in „Auerbachs Keller".

„Auerbachs Keller" ist eine historische Gaststätte. Sie hat ihre Berühmtheit in erster Linie erlangt durch Johann

Wolfgang von Goethe, dem wesentlichen Vertreter der „Weimarer Klassik", der hier während seines Jura-Studiums 1765-1768 häufiger Gast war. Dann trank er meist im historischen Fasskeller Wein.

In seinem „Faust, Der Tragödie erster Teil" legt der Dichter eine wesentliche Szene in diesen Keller. Darin lässt er einen der lustigen Gesellen,

den Frosch, über Leipzig schwärmen:

> „Mein Leipzig lob' ich mir!
> Es ist ein klein' Paris
> und bildet seine Leute."

(Frosch in Goethes „Faust" I. Teil, Auerbachs Keller)

Vorbei an den beiden nahezu lebensgroßen Bronzegruppen am oberen Kellereingang, die eine zeigte Faust und Mephisto, die andere drei Studenten als lustige Gesellen, ging es dann hinab in den Keller, die zweitälteste Gaststätte Leipzigs. Wir wurden freundlich empfangen und nach Zahlung von jeweils 30 Pfennigen für die Garderobenaufbewahrung bekamen wir einen guten Platz im Fasskeller nahe dem legendären Weinfass.

Der Sage nach soll Faust (wohl mit diabolischer Hilfe Mephistopheles') auf dem vollen Fass aus dem Keller geritten sein, nachdem mehrere Männer es nicht hatten heraustragen können. Faust habe daraufhin das Weinfass behalten dürfen und sodann mit vielen Leuten ein Trinkgelage veranstaltet.

Die Räumlichkeiten in guter Ausstattung mit halbhoher dunkler Holztäfelung an den Wänden und oberhalb Wand- und Deckengemälden und einem geschnitzten Hängeleuchter, der diesen legendären Fassritt darstellte, boten eine schon beeindruckende Atmosphäre. Alles atmete hier natürlich Goethe, Faust und Mephisto.

Heiko und ich machten uns nun daran, um mit Mephisto im Bild zu bleiben, uns mit Speis' und Trank „den Gaumen zu letzen" (Mephistopheles in „Faust" I. Teil, Studierzimmer). Wir ließen es uns dort nach dem umfassenden, Hunger und noch mehr Durst bewirkten Stadtspaziergang richtig gut gehen. Wir wurden sehr freundlich bewirtet, aßen und tranken und verplauderten den Abend in dieser wirklich angenehmen Umgebung.

So gegen 23.00 h kam dann doch der Gedanke, den Abend abzuschließen und den Heimweg nach Merseburg anzutreten. Ich bezahlte unsere umfangreiche Zeche mit immerhin 42,74 Mark für uns beide, eine, wie ich fand, sehr überschaubare und vertretbare Summe. Ich kaufte dann noch eine Kartenserie mit acht Fotografien aus Auerbachs Keller, eine weitere mit Fotos von Gemälden mit Szenen aus dem „Faust" und dazu eine großformatige Ummantelung der Speisekarte und eine kleine Platzdecke, beides mit entsprechenden Aufdrucken. So mit Erinnerungsstücken an diesen schönen Abend ausgestattet, verließen wir diese gastliche Stätte und bewegten uns zielstrebig zur Bushaltestelle.

Kapitel 21

Und natürlich kam es, wie es kommen musste: Kurz nach 23.00 Uhr fuhr kein Bus mehr nach Merseburg. Darin sah ich allerdings kein echtes Problem. „Lass' uns eine Taxe nehmen." regte ich an. „Dann gehen wir zum Bahnhof, dort stehen immer welche." stimmte Heiko zu. Wir also auf zum Hauptbahnhof, der auch gar nicht weit entfernt lag. Dort angekommen, mussten wir feststellen, dass schon nächtliche Ruhe eingekehrt war. Es war kaum noch eine Menschenseele zu sehen und – natürlich, wie sollte es auch anders sein – desgleichen weit und breit keine Taxe, was sich selbst nach einigem Warten nicht änderte.

Nun war guter Rat teuer, wirklich teuer. Wie sollten wir wohl zu inzwischen fast mitternächtlicher Stunde nach Hause kommen. Ich musste nachdenklich feststellen, dass auch Heiko keine Lösung wusste. Eines jedenfalls war klar: Ein Fußweg schied für die ca. 30 km aus.

Der noch nicht verklungene Themen-Abend im „Faust" nährte in mir natürlich nun die Hoffnung, dass uns Mephisto Hilfe für den Heimweg brächte, nämlich mit den Worten und Taten:

„Wir breiten nur den Mantel aus,
der soll uns durch die Lüfte tragen."

(Mephistopheles in Goethes „Faust" I. Teil, Studierzimmer)

So nämlich war er mit Dr. Faust vom Studierzimmer zu Auerbachs Keller durch die Lüfte geschwebt.

Aber auch diese stille Hoffnung erfüllte sich – natürlich – nicht, leider.

Wir standen also ziemlich, ja vollkommen ratlos vor dem Haupteingang des Bahnhofs und sahen uns ein ums andere Mal fragend an.

Diese suchende Ratlosigkeit war uns offensichtlich schon von weitem anzusehen. Es hielt ein privater Wagen, ein älterer „Wartburg", in unserer Nähe an, der Fahrer stieg aus und kam auf uns zu. „Suchen Sie noch eine Taxe?" sprach er uns an. Mir ging spontan erleichternd durch den Kopf: *Den Menschen schickt der Himmel*. „Ja," bekannte ich, „aber es sieht hier jetzt offensichtlich ziemlich schlecht aus. Wir warten schon eine ganze Weile, aber es kommt kein Wagen mehr." „Ich kann Sie ja nach Hause fahren, wenn Sie wollen. Wo soll es denn hingehen?" bot der Fremde sich an. „Es ist ein Stückchen weg, wir müssen nach Merseburg." „Na. dann steigen Sie mal ein, ich fahre Sie dort hin." Ehe ich dieses Glück noch genau realisiert hatte, saßen wir beide bereits auf der Rückbank des „Wartburg". Über den Fahrpreis zu sprechen, war in dieser Situation ohnehin kein Thema.

Natürlich handelte es sich bei diesem Wagen nicht um eine Taxe. Ein entsprechendes Schild auf dem Dach fehlte, ebenso im Innern ein Taxameter. Aber das war uns völlig egal. Hauptsache nach Hause.

Und was jetzt folgte, war eine der unvergesslichen und demgemäß unvergessenen Autofahrten meines Lebens.

Wir fuhren also los, heraus aus der Stadt auf die Landstraße nach Merseburg. Schon bis dahin war aufgefallen, dass der Wagen gefühlt sehr hoch und weich gefedert war. Bei jeder Kurve schaukelte er und neigte sich derart sehr zur

Seite, dass ich mehrfach den Eindruck hatte: *Gleich kippt er um!* Und diese Auffälligkeit verstärkte sich außerhalb der Ortschaft noch um einiges. Hatte der Fahrer schon in Leipzig die 50 km/h-Grenze deutlich überschritten, so begann er auf freier Strecke mit teils mehr als 100 km/h regelrecht zu rasen. Da nahm er auch keine Rücksicht auf Schlaglöcher, durch die er einfach durchknallte, wohl, weil er sie in der Dunkelheit gar nicht sehen konnte. Das Fahrlicht war nämlich nicht sonderlich hell. Auch durch die folgenden Dörfer schoss er mit nahezu unverminderter Geschwindigkeit, einem konnte, ja, musste Angst und Bange werden.

Die Fahrt gestaltete sich gefühlt schier endlos. Die anfängliche Freude über die Fahrtmöglichkeit wich schrittweise den zunehmenden Bedenken wegen des rücksichtslosen Fahrstils des Chauffeurs. Der einzige Trost, an den ich mich klammerte, war der Gedanke, dass der Fahrer die Fahrt schließlich selbst unversehrt überstehen und beenden wollte.

Als wir dann endlich nach Merseburg hineinfuhren und kurz darauf zu Hause ausstiegen, also heil angekommen waren, löste sich doch deutlich die Anspannung, unter der ich während der Fahrt gestanden hatte. Ich bezahlte den vom Fahrer genannten Preis, ohne nachzufragen, wie er ihn wohl ermittelt hatte, auch dessen Höhe war mir ziemlich gleichgültig. Wichtig war für mich und für Heiko nur, aus dem „Wartburg" auszusteigen und wieder festen und sicheren Boden unter den Füßen zu haben.

In der Wohnung mussten wir uns beide erst einmal hinsetzen und tief durchatmen. Die nötige Entspannung zur Nacht brachte dann noch eine Flasche Bier, nach der wir dann auch ins Bett fielen.

Nachdem der ganze Abend in Auerbachs Keller in Leipzig doch immer wieder um Faust und Mephisto gekreist war, hatte die Heimfahrt schließlich auch sehr viel Diabolisches.

Es war eine Teufelsfahrt gewesen.

Kapitel 22

Frau Schwisseler hatte in der Zeitung gelesen, dass es in Halle in einem Kaufhaus wasserdichte Stiefel zu kaufen gab. Solche wollte sie ihren vier Enkeln schenken und bat ihren Sohn Heiko, doch zu versuchen, vier Paare zu kaufen. Dazu nannte sie ihm die Schuhgrößen.

Heiko fragte mich, ob ich mitfahren wollte, was ich natürlich bejahte. Kurz darauf saßen wir also in der Straßenbahn nach Halle.

Die erste Überraschung dieser Fahrt war der Fahrpreis. Für die immerhin gut 15 km lange Strecke mussten wir 20 Pfennig pro Person zahlen, wobei ich mich zu erinnern meine, dass damit auch die Rückfahrt abgegolten war. Ein für mich unvorstellbar niedriger Preis, der natürlich auch nicht annähernd kostendeckend sein konnte.

Wir stiegen in Halle ziemlich im Zentrum aus und wurden auch sogleich mit dem berühmten Sohn der Stadt konfrontiert. Auf dem Marktplatz stand eine große Statue Georg Friedrich Händels, der in Halle geboren war.

Im Kaufhaus war ich überrascht, ja erschrocken. Wir trafen dort auf meterweise leere Regale. Es vermittelte den Eindruck, als fände dort unmittelbar vor der endgültigen Schließung des Hauses der Resteabverkauf statt. Für Heiko war dies jedoch offensichtlich eine ganz normale Situation.

„Es gibt heute wieder Schallplatten." sagte er zu mir und zeigte auf ein Regal. Ich rechnete nun mit einem guten Angebot der flachen Musikscheiben. Aber weit gefehlt. Auf dem geschätzt ca. 3 m langen, ansonsten leeren Regal standen am Ende etwa fünf bis sieben Langspielplatten. Das war also das gesamte Angebot an Schallplatten in diesem nicht gerade kleinen Warenhaus. Ohne Heiko's Hinweis hätte ich sie sicherlich übersehen.

In der Schuhabteilung war das Sortiment an Stiefeln bis auf wenige Restpaare bereits vergriffen. Mit viel Glück jedoch fand Heiko noch für jede genannte Größe ein Paar und kaufte sie auch sofort. Von zwei der vier Paare war es jeweils das letzte Paar, das er gerade noch so erwischt hatte.

Überglücklich wegen des erfolgreichen Kaufs ging es dann mit der Straßenbahn zurück nach Merseburg, wo er freudestrahlend seiner Mutter die Stiefel präsentierte. Frau Schwisseler ihrerseits nahm die Stiefel froh und dankbar in Empfang, hatte sie doch nun die gewünschten Geschenke für die Enkel.

Auf dem Rückweg von der Bushaltestelle zur Wohnung bat ich Heiko, kurz an einem Blumenladen vorbeizugehen, ich wollte seiner Mutter einen Blumenstrauß mitnehmen.

Nach einiger Zeit fanden wir das gewünschte Geschäft und gingen hinein. Zu meiner großen Überraschung gab es dort nur eine einzige Blumensorte, nämlich Orchideen als Schnittblumen. Als ich die Verkäuferin fragte, ob sie auch noch andere Sorten da hätte, vielleicht im Lager, zog sie nur wortlos die Schultern hoch, was natürlich „Nein" bedeutete.

Wahrscheinlich war sie froh, dass sie überhaupt Blumen an-
bieten konnte. Dieser Gedanke ging mir durch den Kopf, als
ich in diesem Moment an die leeren Kaufhausregale in Halle
dachte. Ich nahm dann einen Strauß Orchideen mit, über die
sich Frau Schwisseler kurze Zeit später auch sehr freute.
Blumensträuße gehörten offensichtlich nicht zum Alltags-
bild.

Dieser Kaufhausbesuch in Halle hatte mich sehr nachdenklich gemacht. Hier mussten die Leute mit ganz wenig
Warenangeboten zufrieden sein und auskommen, während
bei uns im Westen die Kaufhausregale nur so überquollen
und man wegen des Überangebots meistens gar nicht so recht
wusste, für welches Exemplar man sich nun entscheiden sollte. Und auch diese Angebotsfülle war vielen dann immer
noch nicht genug. Ich hätte mir gewünscht, dass viele unserer
westlichen Landsleute diese Situation in der ‚DDR' einmal
persönlich erlebt hätten, um vielleicht etwas dankbarer und
zufriedener über unsere gute Situation zu sein und ein wenig
demütig zu realisieren, dass unser Überangebot in ja allen
Bereichen durchaus keine Selbstverständlichkeit ist, sondern
andere mit erheblich weniger auskommen müssen und damit
auch noch zufrieden sind, zufrieden sein müssen.

Kapitel 23

Nachmittags besuchten wir Daniela, eine ältere Schwes-
ter von Heiko, sie wohnte auch in Merseburg. Sie war verheiratet und hatte zwei Kinder.

Sie wohnte in einer sehr einfachen, aber sauberen und gepflegten Wohnung. Wir kamen so ins Gespräch, dabei erwähnte Daniela, dass es sehr schwer sei, Kinderkleidung zu bekommen. Ich bot ihr an, gebrauchte Sachen meiner Tochter, aus denen sie herausgewachsen war, her zu schicken, wenn ich wieder zurück in Kiel sein würde. Dankbar erfreut sagte Daniela, dass sie die getragene Kleidung sehr gern nähme.

- Nach meiner Rückkehr gingen dann mehrere Paketsendungen, jeweils Umzugskartons, mit Kinderbekleidung zu ihr nach Merseburg. -

Als wir so aus dem Fester sahen, fiel Danielas Blick auf meinen älteren Audi 80. „Wir haben auch ein Auto," sagte sie nicht ohne Stolz, „der ist allerdings gerade nicht fahrbereit." Auf meine Nachfrage hin erzählte sie, es sei ein „Trabbi" (Trabant). „Wenn er auch nicht fährt, so möchte ich ihn doch gern einmal ansehen, ich kenne „Trabbis" nur vom Vorbeifahren." erklärte ich. Und schon standen wir wenige Augenblicke später auf dem hinteren Hof des Hauses vor dem „Trabbi". „Wir mussten über acht Jahre den Kaufpreis ansparen, bevor wie ihn kaufen konnten und geliefert bekamen." erläuterte sie mir. Dann schloss sie die Fahrertür auf und ich konnte einen Blick hinein werfen. Ich stieg dann für eine Sitzprobe ein. Nur mit Mühe kam ich auf den Fahrersitz, wahrscheinlich war er zu weit nach vorne geschoben. Das richtige Problem stellte sich jedoch erst danach. Mit meinen 1,83 Metern Länge in der gefütterten Winterjacke kam ich nicht wieder aus dem Fahrzeug heraus. Es bedurfte also mehrerer Versuche und erheblicher Anstrengungen, bis der

„Trabbi" mich letztlich doch wieder frei gab. Erleichtert atmete ich im Freien auf und durch.

„Bei uns ist es auch nicht so einfach, den Führerschein zu machen." erläuterte Daniela. „Man kann nicht einfach zur Fahrschule gehen und in wenigen Tagen die Ausbildung beginnen. Man muss sich anmelden und bekommt dann einen Termin in etwa drei Jahren, dann beginnt die Fahrausbildung."

Ich konnte es nicht glauben. Dass PKWs eine lange Lieferfrist hatten, war bei uns ja durchaus bekannt, für den „Trabbi" etwa acht Jahre, für einen „Wartburg" mindestens zwölf Jahre. Die Wartefrist für den Führerschein kannte ich jedoch nicht, sie erstaunte mich schon sehr.

„Ich muss noch eine kleine Geschichte vom „Trabbi" erzählen." sagte Daniela. „Im Stadtverkehr hatte ich einmal Pech, es war kurz nach meiner Fahrprüfung, wo mir noch die Routine fehlte. Ich passte nicht richtig auf und stieß an einen vor mir fahrenden ‚Trabbi'. Dabei beschädigte ich dessen rechtes Schlusslicht. Der Fahrer kam erbost schimpfend auf mich zu und beklagte meine Unachtsamkeit und den angerichteten Schaden. Ich bedauerte mein Missgeschick, was ihn aber nicht sonderlich beruhigte. Nahezu wütend wies er auf das zerbrochene Rücklicht und den damit erlittenen Schaden hin, der ersetzt werden müsse. In seiner Aufgeregtheit bestand er dann unnachgiebig darauf, dass ich ihm mein heiles Rücklicht im Austausch und als Schadenersatz für sein zerstörtes gäbe, er müsse sonst Monate auf das Ersatzteil warten. An Ort und Stelle wurden also die Rücklichter ausgewechselt – sie passten ja wegen der beinahe baugleichen Modelle für nahezu jeden „Trabbi" - und der „Geschädigte" fuhr zufrieden und zwischenzeitlich beruhigt weiter."

Diese Geschichte mutete mir zunächst kurios an, war sie sicherlich aus unserer Sicht auch. Sie machte mich nach dem vormittäglichen Kaufhausbesuch in Halle neuerlich sehr nachdenklich, gab sie doch beredt Beispiel für die Mangelsituation in der ‚DDR' und insbesondere bei den Kraftfahrzeugen einschließlich Zubehör.

Es war schon ziemlich unglaublich. Aber, es wurde mir immer deutlicher: *Das ist der Alltag in der ' DDR'.*

Als nach der Vereinigung im Fernsehen alte ‚DDR'-Filme von vor 1989 auch bei uns gezeigt wurden, z,B. aus der Kriminalserie „Polizeiruf 110", habe ich mir diese oftmals angesehen. Man konnte dabei die große Diskrepanz zwischen Fernsehfilm und Wirklichkeit der ‚DDR' sehen. In den Filmen war natürlich alles im Überfluss vorhanden, was für die einfachen Bürger ja überhaupt nicht zu bekommen war. Es war zweifelsohne klar, dass die Filmstudios mit allen nur möglichen Requisiten ausgestattet wurden, um den Bürgern vorzugaukeln, wie gut es ihnen in der ‚DDR' doch gehe.

Kapitel 24

In der Woche hatte ich Frau Schwisseler und Heiko gefragt, ob sie nicht Lust hätten, am Wochenende mit mir eine kleine Fahrt zu machen. Spontan erhielt ich Zustimmung, und so wurde sogleich über das Ziel beratschlagt. Das Ergebnis ließ nicht lange auf sich warten. „Ich würde gern mal nach Dresden fahren, dort könnte ich dann auch kurz Bekannte besuchen, die ich lange nicht gesehen habe." merkte

Frau Schwisseler in ihrer bescheidenen Art an. Heiko stimmte dem zu und schon war die Entscheidung gefallen. Es ging also am Sonntag nach Dresden.

Schon gleich nach dem Frühstück machten wir uns an diesem trüben regnerischen Spätherbsttag, es war der 22. November, auf den Weg. Vor uns lagen um die 150 km, nach den ersten etwa 20 km Landstraße folgte durchgängig Autobahnstrecke. Auf der Autobahn fuhren wir dann zunächst nach Norden zum Schkeuditzer Kreuz, bogen dort nach Osten ab und fuhren an Leipzig vorbei in knapp zwei Stunden bis hin nach Dresden.

In der Innenstadt fanden wir in der Nähe des Neumarktes einen Parkplatz und spazierten dann durch das Zentrum. Das düstere Wetter, es wurde gar nicht richtig hell, passte schon ein wenig zu der Atmosphäre des Stadtkerns, zumindest wirkte es so auf mich. Die Trümmer der Frauenkirche waren ein erschreckender Anblick, auch das Schloss und die Semperoper waren nach der starken Zerstörung nicht wieder hergestellt. Durch die alliierten Luftangriffe in der Nacht vom 13. zum 14. Februar 1945 hatten britische und US-Bomber große Teile des Stadtgebietes schwer beschädigt. Die vormals liebevoll als „Elb-Florenz" bezeichnete Stadt war größtenteils in Schutt und Asche gebombt worden, es hatte, so heißt es, mindestens ca. 25.000 Tote gegeben.

Der Anblick dieser Zerstörungen und Trümmer vermittelte mir den Eindruck, als sei der Krieg noch nicht sehr lange beendet, jedenfalls nicht seit über 35 Jahren, wie es tatsächlich ja der Fall war. Zwangsläufig ging mir spontan durch den Kopf, dass beispielsweise Geld, Baumaterial und

Arbeitskraft, die die ‚DDR' in die Grenzsicherungsanlagen einschließlich der Berliner Mauer investiert hatten, hier zum Wiederaufbau zerstörter Gebäude besser und sinnvoller angelegt gewesen wären.

Wir gingen dann in den Zwinger, ein sehr bekanntes Wahrzeichen der Stadt. Dieser sehr berühmte, reich verzierte Barockbau gehört zu den früheren Festungsanlagen der Stadt. Er war nach der Kriegsbeschädigung wieder gut aufgebaut und restauriert worden.

Der Zwinger beherbergt Kunstsammlungen und Museen. Wir besichtigten die Gemäldegalerie „Alte Meister", die Porzellansammlung und die Rüstkammer.

In der Gemäldegalerie waren Bilder ausgestellt u.a. aus der Renaissance, dem Barock, aber auch Werke aus der Romantik, beispielsweise von Caspar David Friedrich. Das zweifellos berühmteste und für mich auch eindrucksvollste Ausstellungsstück war natürlich die „Sixtinische Madonna" von Rafael von 1512.

In der Porzellansammlung wurden u.a. Exponate aus der berühmten Manufaktur Meißen gezeigt, neben dem bekannten Gebrauchsgeschirr auch Skulpturen. Aber auch Museumsstücke aus Japan und China, u.a. große, reich verzierte Vasen, waren zu sehen.

Die Rüstkammer enthielt alte Hieb- und Stichwaffen, Rüstungen, Harnische, Helme und Schilde, aber auch Prunkwaffen und Prunkharnische für Reiter und Pferde. Nicht zuletzt waren auch historische Pistolen und Gewehre ausgestellt.

Die Fülle der in jeder Abteilung vorhandenen Ausstellungsstücke, es waren sicherlich jeweils deutlich mehr als eintausend, lässt hier nur die pauschale Erwähnung einiger grober Kategorien zu. Auch eine etwas eingehender untergliederte Beschreibung der vorhandenen Bestände könnte diesen zahllosen wunderbaren Kunstgegenständen auch nicht im Ansatz gerecht werden. Interessentinnen und Interessenten sei daher nur geraten, durch einen Besuch im Zwinger sich einen persönlichen Eindruck zu verschaffen.

Während unseres Rundganges durch die Kunstsammlungen wurden auch mehrere Gruppen sowjetischer Soldaten und deren Angehörige durch die Ausstellungsräume geführt. Jede Gruppe hatte eine Führerin, die den Besucherinnen und Besuchern die wichtigsten Museumsstücke zeigte. Dabei spielte sie an bestimmten Stellen oder Ausstellungsstücken von einem um ihren Hals hängenden Kassettenrecorder offensichtlich erläuternde Texte, wohl in russischer Sprache, ab. Was dort allerdings hörbar wurde, war ein einziges Gekrächze, übertönt von Knistern und Schnarren. Obwohl der russischen Sprache nicht mächtig, fehlte mir das Vorstellungsvermögen, dass die sowjetischen Gäste auch nur ein wenig von diesen Bandabspielungen verstehen konnten. Selbst die deutlich überhöhte Lautstärke, in der die Informationen gegeben wurden, trug nach meinem Eindruck nicht zu deren besserem Verstehen bei, ganz im Gegenteil.

Kapitel 25

Nach dem ca. zweistündigen Rundgang waren wir reichhaltig an Kultur geistig gesättigt, ja, von der unermesslichen Vielzahl der Exponate vielleicht auch ein wenig übersättigt. Dafür forderte jetzt, da der Zeiger zwischenzeitlich schon auf etwa 13.30 h zuging, der Magen mit seinem deutlich hörbaren Ruf nach nunmehr körperlicher Sättigung seinen Tribut. Diesem Ruf folgten wir spontan, auch, um uns ein wenig Entspannung nach der konzentrierten Besichtigung der Museen zu verschaffen.

Auf Empfehlung von Frau Schwisseler gingen wir zu einer Gaststätte, direkt am Neumarkt gelegen. „Dort kann man gut essen, ich war da schon einmal." regte sie an, „Es ist hier ganz in der Nähe, liegt im ersten Stock." Wir gingen also hin und sahen, dass bereits einige Leute vor dem Eingang standen. Herangekommen, stellte Heiko fest: „Wir müssen noch etwas warten, im Moment ist nichts frei." Ich traute meinen Augen nicht. Es waren also nicht einige Leute, die dort mehr oder weniger zufällig vor dem Eingang standen, nein, sie bildeten vielmehr das Ende der Warteschlange vor diesem Lokal. „Eine sozialistische Wartegemeinschaft", wie Heiko das Schlangestehen in der ‚DDR' schon früher so treffend ironisch gekennzeichnet hatte. Und diese Warteschlange war lang, wand sich durch die untere Eingangstür die Treppe hoch bis vor die Glastür, die in das Restaurant führte. Die Wartenden, die es bereits zu diesem oberen Eingang geduldig durchgestanden hatten, konnten also durch die Glasfenster genau sehen, wann wieder Plätze frei wurden und sie somit endlich nachrücken konnten.

Auf der Innenseite dieser oberen Eingangstür war ein Kellner positioniert, der bei frei gewordenen Plätzen neue Gäste in vergleichbarer Anzahl hineinließ und sie entsprechend „platzierte", wie die Zuweisung von Gästen auf freie Plätze durch die Bediensteten bezeichnet wurde. Unaufgefordert durfte natürlich niemand den Gästeraum betreten.

So war es also unsere nächste, unfreiwillige Aufgabe, uns in reichlich Geduld zu üben, da offensichtlich eine Ausweichmöglichkeit zu einem anderen Lokal nicht bestand.

Die lästige Warterei im Stehen zunächst unten und dann auf der Treppe zog sich endlos hin, nicht nur gefühlt mindestens eine Stunde. Es ging nur sehr langsam voran und bloß in kleinen Schritten. Und jedem Gast, der die Treppe herunter kam, der also einen Platz frei gemacht hatte, wurde innerlich gedankt, kam man doch dadurch wieder eine oder zwei Stufen treppauf voran und somit dem begehrten Platz an einem der Restauranttische näher. Dieses erniedrigende und entwürdigende „Platzieren", wie ich jedenfalls dieses für mich ungewohnte kellnerische Platzanweisen empfand, diese staatlich aufoktroyierte Bevormundung der Bürger wie Unmündige, wünschte man sich jetzt allerdings sehnlichst herbei.

Es war auch ein unwürdiges Schauspiel. Die oben außen vor der Glastür Wartenden gierten ständig in die Rundes des Lokals, ob nicht bald wieder etwas frei werden würde. Den Gästen hingegen, die mit viel Geduld und Durchhaltevermögen endlich einen Platz zum Essen zugewiesen bekommen hatten, wurde die Ruhe für dieses Mittagessen quasi dadurch genommen, dass sie ständig mit ansehen mussten, wie sich die vor der Tür Wartenden ungeduldig - symbolisch gesehen - die Nasen an den Fensterscheiben plattdrückten.

Als wir uns dann endlich Plätze – im wahrsten Sinne des Wortes - erstanden und zugewiesen bekommen hatten, ging das Mittagessen problemlos vonstatten. Aufgrund der wenigen angebotenen Gerichte hatte man schnell gewählt. Die Essen wurden dann auch ohne längere Wartezeit serviert und aufgrund unseres Hungers entsprechend zügig verzehrt.

Danach ging es dann zu Bekannten von Frau Schwisseler, die außerhalb der Stadt wohnten. Dies war kein längerer Aufenthalt. Frau Schwisseler reichte nur einige Sachen hinein und war schon nach wenigen Minuten wieder zurück.

Sodann ging es zum Kaffeetrinken in ein im Grünen gelegenes Ausflugslokal. Es war eine Gaststätte in dem im Osten Dresdens gelegenen Stadtteil ,Weißer Hirsch'. Dort wurden wir, ohne warten zu müssen, sofort „platziert", und wir verplauderten gemütlich bei Kaffee und Kuchen die Nachmittagszeit. Die großflächigen Fenster dieses Lokals gewährten einen schönen Blick auf die umstehenden Bäume, die kurzfristig sogar durch einige Sonnenstrahlen aufgehellt wurden.

Als die Sonne dann von neu aufgezogenen Wolken verdeckt wurde und so langsam die Dämmerung einsetzte, machten wir uns auf den Heimweg.

Wir ahnten auch nicht im Geringsten, was uns damit noch bevorstehen sollte.

Kapitel 26

Ich fuhr in Richtung Innenstadt und dabei dem ersten Hinweisschild Richtung Autobahn nach. Der Weg führte über eine der zentral gelegenen Elbbrücken, und dann folgte ich immer weiter der blauen Autobahn-Ausschilderung. Nach einiger Zeit kreuzten wir erneut die Elbe, diesmal auf einer anderen Brücke in die andere Richtung. Da Frau Schwisseler und Heiko auch über keinerlei Ortskenntnis verfügten, woher auch, folgte ich ohne Alternativmöglichkeit der Ausschilderung „Autobahn". Zwischenzeitlich, es muss so gegen 17 Uhr gewesen sein, war es dunkel geworden und hatte wieder zu regnen begonnen, was die Wegsuche nicht gerade erleichterte. Die Straßenbeleuchtung war ohnehin nur sehr mäßig hell, wenn die Lampen denn überhaupt leuchteten. Außerdem waren die Hinweise auf die Autobahn in großen Abständen gesetzt. Also weiterhin brav Richtung Autobahn.

Zu meiner Überraschung fuhren wir nun erneut über die Elbe, und zwar auf derselben Brücke, über die wir bereits das erste Mal gefahren waren. Es hatte sich also der Kreis geschlossen.

Natürlich gab ich nicht auf und fuhr sehr konzentriert weiterhin nach der Ausschilderung Richtung Autobahn. Zudem bat ich auch Frau Schwisseler und Heiko, mit auf die Hinweisschilder zu achten. Es gab auch keine Möglichkeit, jemanden zu fragen, da die Straßen wie leergefegt waren.

Langsam kamen mir natürlich Zweifel, ob ich mich wohl auch vertan und möglicherweise einen Wegweiser übersehen hätte oder falsch abgebogen sei, was ja bei den Licht- und Straßenverhältnissen durchaus möglich gewesen wäre.

Diese Zweifel verflogen jedoch sofort, als ich erneut auf die zweite Elbbrücke zufuhr, nach den Schildern stets Richtung Autobahn. Beide Schwisselers bestätigten mir, dass ich entsprechend der Wegweisung genau richtig gefahren sei.

Damit war für mich nun aber klar, dass der Weg zur Autobahn nicht richtig ausgeschildert war. Ob dies staatlicherseits absichtlich geschehen war, um beispielsweise Besucher in die Irre zu führen, oder Zufall, war mir egal, fest stand jedenfalls, dass man durch die Autobahnhinweisschilder auf einen Rundkurs durch die Stadt geschickt wurde. Ein „Kreisverkehr" also der besonderen Art.

Als mir dies klar geworden war, überraschte es mich nun auch nicht mehr sonderlich, weil bei uns in Westdeutschland ja bekannt war, dass in der ‚DDR' für bestimmte Bereiche, zum Beispiel in grenznahen Gebieten, Straßenkarten gefälscht wurden. Warum sollte das nicht auch mit Wegweisungen geschehen sein. Hier jedenfalls waren die Hinweisschilder zur Autobahn eindeutig nicht zielführend.

Also erneut rüber über die zweite Brücke, da keine Möglichkeit mehr bestand, die Brückenzufahrt zu verlassen. Danach allerdings bog ich sehr bald an einer größeren Kreuzung ab, um endlich aus diesem Teufelskreis herauszukommen. Ich fuhr dann ein ganzes Stück auf dieser Straße stadtauswärts, ohne auch nur einen Hinweis auf die Autobahn gesehen zu haben.

Und so kam mit einem Mal das völlig Unerwartete: ein Hinweisschild auf die Autobahn. Meine spontane Freude und Erleichterung erstarben kurz darauf allerdings genauso schnell, wie sie aufgekommen waren. Und zwar in dem Moment, als ich die Wegweisung las: „Auffahrt Richtung Bautzen-Görlitz". Das war die Fahrtrichtung nach Osten, also genau entgegengesetzt unserer Heimfahrtroute. Nun suchte ich nach der Auffahrt für die westliche Richtungsfahrbahn. Diese Auffahrt gab es allerdings an dieser Stelle nicht. Es gab keine Brücke, die auf die andere Seite führte, einen Tunnel schon gar nicht.

Ich musste also überrascht und auch ein wenig ratlos feststellen, dass es, anders als bei uns in Westdeutschland, in der ‚DDR' nicht an jeder Autobahnauffahrt je eine Zufahrt für beide Richtungsfahrbahnen gab. So unglaublich es für mich war, ich hatte diese Tatsache direkt vor Augen. Hier gab es nur eine Zufahrt, und zwar nach Osten.

Ich hatte überlegt, gleichwohl diese Auffahrt zu nehmen und bis zur nächsten Abfahrt zu fahren, um dann auf die Gegenfahrbahn Richtung Westen zu gelangen. Aber in welcher Entfernung würde die nächste Abfahrt liegen, 30 km, 40 km, 50 km? Und wäre dann auf der Basis der gerade gemachten Erfahrung überhaupt eine Auffahrt in westlicher Richtung vorhanden, die auch über eine Brücke erreichbar war? Auf diese Fragen wusste ich keine Antworten, und dementsprechend verwarf ich diesen Gedanken.

So fuhr ich also wieder zurück Richtung Innenstadt. Und das Ergebnis wird jetzt niemanden mehr überraschen. Ehe ich mich versah, befand ich mich wieder auf der ersten Elbbrücke, zum dritten Mal also.

Nun hatte allerdings auch meine Geduld ein Ende gefunden. Kaum herunter von der Brücke bog ich entgegengesetzt wie zuvor auf der anderen Elbseite willkürlich an der nächsten Kreuzung ab und fuhr ziemlich blindlings einfach aus der Stadt heraus. Es waren mehrere Kilometer, die ich bereits von der Elbbrücke entfernt war, als plötzlich ein kleines, unscheinbares Schild, das erste Schild auf dieser Strecke, auftauchte, das auf die Autobahn hinwies.

Natürlich war mir klar, dass auch dieses Schild, wenn überhaupt, wieder auf eine Auffahrt lediglich nach Osten hinwies. Gleichwohl fuhr ich ihm zunächst einmal nach. Und da traute ich meinen Augen kaum, als eine Brücke über die Autobahn zu einer Auffahrt in Westrichtung führte.

Große Erleichterung und Freude befielen uns, nach mehr als einer Stunde des Suchens und der Irrfahrten in und durch Dresden hatten wir doch noch den richtigen Streckenabschnitt erreicht. Die „nur" noch verbleibenden ca. 150 km vergingen trotz Geschwindigkeiten zwischen 80 km/h und 95 km/h gefühlt wie im Fluge und waren richtiggehend entspannend gegenüber dem hilflosen Suchen in Dresden.

In Merseburg zu Hause angekommen, gab es dann zu und nach dem Abendessen das eine oder andere Schlückchen Bier, bei dem wir zufrieden auf einen interessanten und ereignisreichen Tag zurückblicken konnten.

Kapitel 27

Am Dienstag kamen abends Dietrich Schwisseler und seine Frau nach Merseburg bei Schwisselers zu Besuch. Dietrich war der ältere Sohn von Schwisselers und wohnte mit seiner Familie in Halle-Neustadt. Halle-Neustadt war ursprünglich ein Stadtteil von Halle, wurde Anfang der 1970er Jahre eine eigenständige Stadt und nach der Wende wieder zu Halle eingemeindet.

Es war ein richtig netter Abend, an dem wir uns angeregt unterhielten und sehr nett ausgedehnt plauderten.

Dietrich allerdings brachte dabei wiederholt ganz freimütig seinen Unmut über die ‚DDR'-Verhältnisse zum Ausdruck. Dies machte er, neben mehreren anderen Punkten, die ihm missfielen, an zwei sehr markanten Beispielen deutlich.

Seine Tochter, ca. 11 oder 12 Jahre alt, war eine sehr gute bis herausragende Sportlerin. Die Disziplin ist mir leider
entfallen, ist aber auch nicht so sehr von Bedeutung. Diese
junge Sportlerin hatte sich durch offensichtlich großes Talent
und enormen Trainingsfleiß hochgeturnt auf eine Qualifika-
tionsebene, auf der sie als Belohnung und weitere Motivation
seit einiger Zeit Sonderrationen an Bananen bekam. Wer den
Mangel an Südfrüchten in der ‚DDR' kannte, die quasi nie
auf den freien Markt kamen, kann vielleicht die Bedeutung
dieser Früchtezuteilung ermessen. Bananen bekamen nur
ausgewählte Spitzensportlerinnen und Spitzensportler. Bananen zu bekommen war schon eine besondere Auszeichnung
in der ‚DDR'. Die Tochter hatte auch schon an Wettbewer-
ben auf ‚DDR'–Ebene erfolgreich teilgenommen. Sie hatte
viel Spaß an ihrem Sport, engagierte sich mit aller Kraft und
freute sich mit Stolz über ihre Erfolge.

Nun war sie auf dem Sprung in einen Kader, dessen
Mitglieder über kurz oder lang wohl auch internationale
Wettkämpfe bestreiten würden. Vor diesen Sprung jedoch
hatten die Sportoffiziellen der ‚DDR' eine Überprüfung gestellt. Es wurde über die Tochter und ihre Familie Ahnenfor-
schung betrieben, und zwar besonders intensiv und weit zu-
rückreichend.

Dabei fand man heraus, dass in Westdeutschland eine
sehr entfernte Tante von ihr lebte. Und damit war sofort und
endgültig ihr sportliches Schicksal besiegelt. Buchstäblich
von einem auf den anderen Tag wurde sie aus dem gesamten
Leistungssportbereich gestrichen. Und das, obwohl zu der
Tante überhaupt kein Kontakt bestand, wohl nie bestanden

hatte. Aber das spielte keine Rolle. Gestrichen wurden damit natürlich auch die Bananen.

Man mag jetzt darüber lächeln, aber Bananen hatten im Sportbetrieb der ‚DDR' eine ganz enorme, auch symbolische Bedeutung, wie mir Dietrich wiederholt erläuterte.

Die Enttäuschung bei dem Mädchen war natürlich riesengroß. Sie konnte diesen Ausschluss gar nicht fassen und war unendlich traurig und betrübt darüber, auch wütend, da sie sich keiner Schuld bewusst war, sie hatte ja auch gar keine Schuld. Aber darauf wurde von offizieller Seite keine Rücksicht genommen. In ihr brach natürlich sprichwörtlich eine Welt zusammen, die Welt ihres so geliebten Sports.

Die Tatsache allein dieser entfernten Verwandtschaft reichte den ‚DDR'–Sportbehörden schon für diesen harten und gnadenlosen Schritt und endgültigen Schnitt gegen die junge hervorragende Sportlerin. Da spielte es auch keine Rolle, dass damit dem Land eine möglicherweise große Sportlerin verloren ging.

Der Grund war natürlich klar. Durch diese entfernte Verwandte wurde Fluchtgefahr unterstellt, und damit war die Tochter nicht international einsetzbar und durfte fortan auch keinen Leistungssport mehr betreiben.

Enttäuschung und Wut prägten seither die ganze Familie über diese willkürliche Entscheidung.

Einen weiteren Punkt der Kritik an der ‚DDR' sprach Dietrich Schwisseler auch mit deutlicher Verärgerung und eben solchem Unverständnis an. Es ging dabei um die Versorgung mit PKWs.

„ Bei uns musst Du mindestens acht Jahre warten, bis Du einen ‚Trabbi' bekommst, für einen ‚Wartburg' noch länger, mindestens 12 Jahre. Auf der anderen Seite werden in der Tschechoslowakei, immerhin eines unserer Bruderländer, Skoda-PKWs hergestellt, gute Fahrzeuge mit einem Qualitäts-Motor. Die Skodas werden in so großer Stückzahl angefertigt, dass gar nicht alle verkauft werden können. Die werden sie da gar nicht alle los. Sie werden also ,auf Halde' produziert. Wir dürfen aber die Skodas hier nicht kaufen, obwohl sie da rumstehen und wir sie hier benötigen. Das ist doch purer Unsinn. Ich verstehe es nicht, keiner versteht das hier." Er schüttelte sehr missmutig, fast schon wütend, den Kopf. „Aber so ist eben unsere Wirtschaft, unsere Regierung, die SED. Für das Volk wird nichts getan. Aber die da oben fahren ihre Volvos und Wolgas, und das auf unsere Kosten." Nach kurzer Pause schob er nach: „Nichts für das Volk, alles für die Bonzen. So ist das hier, das ist das Prinzip von Erich und seiner SED-Clique." Mit ,Erich' war natürlich der Staatsratsvorsitzenden Erich Honecker gemeint.

Ich verstand nur zu gut Dietrichs Erregung und war überrascht über die Offenheit und die Lautstärke, mit der er seine Kritik an der ,DDR' vorbrachte. Dass möglicherweise große Ohren von draußen etwas mithören und ihm damit vermutlich großen Ärger bringen konnten, interessierte ihn nicht, es war ihm offensichtlich egal. Er musste seinem Herzen erst einmal richtig Luft machen.

Der Grund für das Kaufverbot für die Skodas war natürlich klar. Einmal würde beim Kauf Geld ins Ausland fließen, das intern dringend gebraucht wurde. Zum anderen würden ,Trabbis' und ,Wartburgs' unter Umständen oder sehr wahrscheinlich gar nicht mehr gekauft, wäre die Bevölkerung erst einmal auf den Skoda-Geschmack gekommen.

Die fröhliche Stimmung des Abends fand durch die Diskussion über diese beiden Punkte natürlich keinerlei Beeinträchtigung, sondern hielt sich bis zur Verabschiedung der beiden Gäste und für uns noch darüber hinaus. Ich war erfreut, die Bekanntschaft dieses netten Paares gemacht zu haben. Über die Geschichte mit der Tochter habe ich auch später noch viel nachgedacht.

Kapitel 28

Am Vorabend meiner Abreise, es war Donnerstag, der 26. November 1981, stand nun für mich das große Ereignis an, das so sehnlich erwartete Konzert im Gewandhaus in Leipzig.

Zuvor verabschiedete ich mich von Schwisselers, da wir uns am Freitag nicht mehr sehen würden. Sie würden früh aus dem Haus gehen und ich vom Archiv aus dann direkt die Heimreise nach Kiel antreten.

Es war ein bewegender Abschied. Wir hatten eine schöne Zeit miteinander verlebt und freuten uns, dass wir einander kennen gelernt und sogleich enge Freundschaft geschlossen hatten. Mit einem herzlichen Dank für die freundliche Aufnahme und die gewährte Unterkunft überreichte ich Frau Schwisseler noch zwei Pfund Kaffee, die ich mir bis dahin als quasi „eiserne Reserve" für etwaige Notfälle aufbewahrt hatte (West-Kaffee war ein echter Wertgegenstand in der ‚DDR') und die Frau Schwisselers Augen besonders leuchten ließen. In ihrer Bescheidenheit wollte sie die beiden Päckchen zunächst gar nicht annehmen, es bedurfte dann aber doch nicht großer Überredungskunst durch mich, und freudig-dankbar nahm sie dann den „West-Kaffee", wie sie anerkennend zu sagen pflegte.

Nach einer herzlichen Umarmung und meinem Versprechen, erneut einmal nach Merseburg zu kommen, setzte ich mich dann in meinen bereits gepackten Audi und verließ unter beidseitigem Winken die Oelgrube in Merseburg in Richtung Leipzig.

Das Konzert in Leipzig sollte um 20.00 h beginnen, also machte ich mich rechtzeitig auf den Weg, es waren ca. 30 km Fahrstrecke. Mit Glück bekam ich ganz in der Nähe des Gewandhauses einen Parkplatz, und so hatte ich noch etwas Zeit, um mir das vollständig renovierte Konzerthaus von außen und auch dessen Umgebung anzusehen.

Das Gewandhaus am Karl-Marx-Platz, heute Augustusplatz, steht gegenüber dem neuen Opernhaus. Es hat seinen Namen aus einer Zeit vor etwa 200 Jahren, zu der sich der Konzertsaal an anderer Stelle in Leipzig in einem Gebäude befand, in dem Wolle und Stoffe, also Gewänder, gehandelt wurden.

Dieses neu errichtete Gewandhaus wurde im November 1981 fertiggestellt und eröffnet, gerade rechtzeitig zu den „Gewandhausfesttagen" anlässlich des Jubiläums „200 Jahre Gewandhauskonzerte".

Schon von außen hatte dieses neue, ja gerade erst kürzlich wiedereröffnete Konzerthaus einen sehr ansprechenden Eindruck auf mich gemacht. Ein rechteckiger Bau mit großen Glasfronten über mehrere Etagen, oben mit einem goldfarbenen, seitlich und an der Vorderfront heruntergezogenen Dach. Ein wirklich imposanter Anblick.

Etwa eine halbe Stunde vor Konzertbeginn betrat ich dann das Gewandhaus und war auch vom Inneren ziemlich überwältigt.

Es beherbergte zwei Konzertsäle, den großen in der Gestaltung angelehnt an das klassische Amphitheater und mit stattlichen 1900 Plätzen bestückt, und einen kleineren mit ca. 500 Plätzen, der war für Kammerkonzerte vorgesehen.

Über Foyers und Treppenaufgänge gelangte ich in den großen Saal, in dem das Konzert stattfinden sollte. Dieser Konzertsaal war in jeder Hinsicht sehr beeindruckend. Der Fußboden in hellem Parkett, darauf die rote Bestuhlung. An der Frontseite eine sehr große Orgel, mit der Inschrift der Vers von

Seneca: „res severa verum gaudium"
(„Wahre Freude ist eine ernste Sache"),

die bereits die vorigen Gewandhaus-Konzerthäuser trugen. Vor der Orgel breit angelegt die Chorempore.

Über dem Parkettbereich zog sich rings um den großen Raum eine Empore, die bis an die Chorempore heranreichte. Die Wände waren in warmem Braunton in Holz getäfelt, wobei einzelne Täfelungen in Abständen teils in den Raum hineinragten, um so eine besonders gute Akustik zu gewähren.

Von diesem Eindruck nahezu überwältigt, suchte ich meinen Platz in Reihe 1 auf der Orchesterempore. Diese Empore befand sich seitlich oberhalb des Orchesters und gab einen herrlichen Blick nicht nur über das Orchester und den Chor, sondern auch über fast den gesamten Konzertsaal.

Der große Saal füllte sich, war letztlich ausverkauft. Dann wurden mit großem Applaus das berühmte Gewandhaus-Orchester und mit noch größerem Beifall dessen Chef-Dirigent, Professor Kurt Masur, empfangen.

Als Kurt Masur nach kurzer Verbeugung an das Publikum sich dem Orchester zuwandte, trat sofort absolute Stille ein. Das Konzert begann.

Jubiläumskonzert „200 Jahre Gewandhauskonzerte"
Gewandhausorchester Leipzig
Dirigent: Kurt Masur

Robert Schumann
Sinfonie Nr. 4 d-moll

Ludwig van Beethoven
Konzert für Klavier und Orchester Nr. 5 Es-Dur, op. 73
Solist: Peter Rösel, Klavier

Nach diesen beeindruckenden Werken ging es mit reichlich Beifall für die Mitwirkenden in die Pause.

Das Konzert wurde dann fortgesetzt.

Felix Mendelssohn-Bartholdy
Die erste Walpurgisnacht, op. 60
für Soli, Chor und Orchester
(Text: Johann Wolfgang von Goethe)
Solisten:
Annelies Burmeister, Alt – Christian Vogel, Tenor
Karl-Heinz Stryczek, Bariton
Hermann Christian Polster, Bass
Gewandhauschor

Neues Gewandhaus – Großer Saal –20.00 Uhr
Donnerstag, 26. November 1981

Dieses Konzert kann ich nicht angemessen in Worte fassen.

Es war einmalig, faszinierend, erbaulich, mitreißend, auch bewegend, ein Kunstgenuss ganz besonderer und außergewöhnlicher Art. Eines der besten Konzerte, die ich je erleben durfte. Und von einem ganz ausgezeichneten Platz aus. Ich konnte den Dirigenten, das Orchester und den riesigen Chor, geschätzt mindestens 200 Sängerinnen und Sänger, aus nächster Nähe erleben, optisch und akustisch.

Nachdem der anfangs nicht enden wollende Applaus sich nach gefühlten, vielleicht auch tatsächlichen fünf bis sieben Minuten abschwächte, um dann schließlich doch auszuklingen, ging ich begeistert und tief beeindruckt, ja, auch überwältigt, aus dem Gewandhaus. Lange noch war ich wie gefesselt und konnte selbst in der Nüchternheit der nächtlichen Heimfahrt nach Merseburg das Konzert nicht hinter mir lassen, und ich wollte es auch gar nicht. Es klang und schwang noch lange in Kopf und Körper nach. Ich genoss einfach dieses Gefühl.

Zur Einordnung der Qualität dieses hervorragenden Konzerthauses dient maßgeblich die Bewertung eines der berühmtesten Geigenvirtuosen der Welt und Dirigenten, Yehudi Menuhin, der das Gewandhaus als eines der besten Konzerthäuser der Welt bezeichnete.

Diese Einschätzung ist mit Recht erfolgt, wurde doch das Gewandhaus in jeder Hinsicht internationalen Standards für Konzerthäuser gerecht.

Es war ein großartiges Erlebnis und ein ganz außergewöhnlicher Kunstgenuss, an den ich mich auch heute noch gern und mit Freude erinnere.

Kapitel 29

Am letzten Tag meiner angemeldeten und auch behördlich genehmigten Tätigkeit im Archiv, der gleichzeitig auch der Abreisetag war, wurde ich vormittags von einer Bediensteten des Archivs an meinem Arbeitsplatz aufgesucht. Sie teilte mir mit, dass die Leiterin des Archivs, Frau Dr. Sowieso, mich zu sprechen wünsche.

Ich verließ mit ihr den Lesesaal und dann führte sie mich zum Zimmer der Leiterin. Sie klopfte an die Tür, öffnete auf das „Ja, bitte." von drinnen, meldete mich bei der Leiterin an und bat mich dann einzutreten.

Frau Dr. Sowieso, die hinter ihrem Schreibtisch saß, kam mir entgegen, begrüßte mich per Handschlag und bot mir einen Platz auf einem Stuhl vor ihrem Schreibtisch an, sie selbst setzte sich wieder hinter ihr Arbeitsmöbel.

Sie fragte mich dann nach dem Grund und Zweck meiner Tätigkeit im Archiv, obwohl sie alles natürlich schon aus den von mir eingereichten Unterlagen kannte. Gleichwohl berichtete ich geduldig über alles und bedankte mich bei ihr als Leiterin, dass ich das Archiv und dessen Bestände habe nutzen dürfen. Weiterhin bedankte ich mich für die freundliche und hilfsbereite Betreuung durch die Damen des Archivs, die mir meine Forschungsarbeit sehr erleichtert, wenn nicht überhaupt ermöglicht hätten, die Tätigkeit hätte mir sehr gut gefallen.

Auf ihre Frage hin, ob ich denn sonst etwas unternommen hätte, erwähnte ich die Besuchsfahrten nach Leipzig und Dresden und natürlich das tolle Konzert im Leipziger Gewandhaus vom Vorabend.

Zu dem Konzert frage sie nach, auf welchem Flügel dort gespielt worden sei. Als ich ihr ‚Steinway' nannte, erwiderte sie etwas mürrisch-enttäuscht: „Na, da hätte man ja wenigstens einen ‚Bösendorfer' nehmen können.

(Anm.: ‚Bösendorfer'-Flügel stammen aus dem neutralen Österreich, ‚Steinway'-Instrumente hingegen aus den kapitalistischen USA.)

Nach diesem allgemeinen Vorgeplänkel kam sie dann zur Sache. Es folgte von Frau Dr. Sowieso ein umfassender staatspolitischer Vortrag über die ‚DDR' und deren Hauptstadt Berlin (für uns Ost-Berlin), die Vorzüge des Sozialismus gegenüber dem westlichen und hier ausdrücklich dem westdeutschen Kapitalismus („der BRD") und natürlich den USA und dessen besonderer Verdammungswürdigkeit. Selbstverständlich kam sie auch näher auf Amerika zu sprechen, machte das Land, wo immer es nur ging, verächtlich und beschimpfte es und betonte dann insbesondere:

„Aber was kann man schon von einem Staat erwarten, in dem ein Filmschauspieler und Cowboy Präsident werden kann." (Anm.: Präsident Ronald Reagan, 40. Präsident der USA von 1981 bis 1989, war in jungen Jahren ein sehr berühmter Filmschauspieler gewesen und hatte mehrmals erfolgreich Western-Helden dargestellt.)

Es kam viel, fast ausschließlich Hetze gegen alles Westliche aus ihrem Mund.

Wenn ich hier nur einzelne Beispiele aufzählen kann, so liegt es daran, dass ich nach kurzer Zeit ihrer Anwürfe gen

Westen die Ohren auf „Durchzug" gestellt hatte und demgemäß auch gar nicht aufnahm und auch nicht zur Kenntnis nehmen wollte, zu welchen Äußerungen sie sich verstieg. Ich ließ sie einfach reden, ohne jegliche Stellungnahme, denn jedes Widerwort wäre vergebens gewesen und hätte ziemlich sicher weitere Ausführungen ihrerseits zur Folge gehabt, was ich natürlich vermeiden wollte. Ich hakte alles als Pflichtprogramm der ideologisch und didaktisch bestens geschulten Leiterin ihrerseits mit politischem Sendungsbewusstsein und für mich als westlichem Besucher, der sich diesen Vortrag eben anhören musste, als Bestandteil der Benutzung des Archivs ab, wie auch z. B. die Anmeldung und die Benutzungsgebühr.

Insofern atmete ich erleichtert auf, als sie mich nach einiger Zeit, in der sie dann offensichtlich ihr staatspolitisches Pflichtprogramm erledigt hatte, aus ihrem Dienstraum entließ, wobei ich ihr der Form halber nochmals für die Möglichkeit der Forschung in ihrem Hause dankte.

Am Mittag dieses Freitags räumte ich dann meinen Arbeitsplatz im Lesesaal, gab alle Archivalien und die Benutzungsausweise zurück und erklärte die Beendigung meiner Arbeit für diesen Aufenthalt. Ich verabschiedete mich mit nochmaligem Dank für die freundliche Hilfe bei der Dame am Eingang und verließ das Archiv.

Gern hätte ich das Archivgebäude für ein Erinnerungsbild fotografiert. Das war allerdings aus zweierlei Gründen strengstens verboten.

Zunächst einmal war das Archiv selbst als staatliches Gebäude jedweder Ablichtung entzogen. Zudem kam verschärfend hinzu, dass unmittelbar neben dem Grundstück des Archivs eine Bahnlinie verlief. Für Bahnanlagen bestand nun wegen der offensichtlich besonders gefürchteten Westspionage ein ganz strenges und umfassend striktes Fotografierverbot.

Natürlich ging ich ein solches Risiko, dort bei einer derart schweren Straftat eines Verstoßes gegen das Fotografierverbot und damit zugleich einer möglichen Spionagetätigkeit erwischt und dann dort strafrechtlich zur Verantwortung gezogen zu werden, nicht ein und versagte mir das Erinnerungsfoto des Archivgebäudes, in dem ich viel und erfolgreich gearbeitet hatte und auch zukünftig noch weiter zu arbeiten beabsichtigte. Auch wollte ich diesen Arbeitserfolg nicht gefährden.

Kapitel 30

Ich aß dann in der bekannt-bewährten Gaststätte zu Mittag und trat danach, ohne nochmals zu Familie Schwisseler zurückzukehren, noch bei Tageslicht die Rückreise nach Kiel an.

Dabei überquerte ich eine markante zentrale Kreuzung in Merseburg. Als ich auf die Kreuzung zufuhr, sah ich an einer Ecke einen Volkspolizisten stehen. Kaum, dass ich in die Kreuzung eingefahren war, erklang in schrillem Ton die Trillerpfeife des Ordnungshüters. Ich blickte reflexartig seitlich zu ihm und sah, wie er mich gestenreich an die Seite beorderte.

Ich hielt weisungsgemäß an und stieg aus dem Fahrzeug mit der Erwartung, dass nun wohl irgendetwas kommen würde, was, war mir allerdings nicht klar. So harrte ich in dieser ungewissen Gewissheit neben meinem alten Audi 80, bis der Uniformierte die wenigen Meter zu mir forschen Schrittes bewältigt hatte.

Nach einer kurzen Erwiderung meines freundlichen Grußes kam er sofort zur Sache. „Sie haben soeben eine Stopplinie überfahren!" Diese vorwurfsvolle Mitteilung überraschte mich sehr, ich stutzte. Bei meinem Blick auf die Fahrbahn und die von mir benutzte Fahrspur war weit und breit auch nicht die Andeutung irgendeiner Linie zu sehen. Es war auch mit großem bemühen keinerlei Fahrbahnmarkierung auszumachen. Daher sah ich ihn ungläubig und fragend an. „Das kostet 20,- Mark!" stellte er mit markiger Stimme fest, ohne eine weitere Begründung zu nennen und auch ohne auf die behauptete Linie hinzuzeigen.

Ich überlegte, wie ich mich verhalten sollte. Da ich allein im Fahrzeug war, hatte ich keinen Zeugen für mein, wie ich überzeugt war und auch heute noch überzeugt bin, vorschriftsmäßiges Fahrverhalten. Der Volkspolizist hatte demgegenüber, so realisierte ich, die geballte Staatsmacht im Rücken, die ihn auch bei einer möglichen Beschwerde durch mich uneingeschränkt stützen würde, auch bezüglich dieser offensichtlich imaginären „Stopplinie". Und insbesondere natürlich gegen mich als einem „Kapitalisten aus der BRD".

Um weitere Unannehmlichkeiten wie etwa Festsetzung meines PKWs als Zwangsmittel zur Durchsetzung der Zahlung des Verwarnungsgeldes aus dem Weg zu gehen und auch keine damit naturgemäß verbundene zeitliche Verzögerung hinnehmen zu müssen, zog ich mein Portemonnaie und zahlte den geforderten Betrag. Dafür bekam ich eine Quittung ausgestellt. Es war ein mit dem Aufdruck „Quittung über die Zahlung eines Verwarnungsgeldes" und auf der unteren Zeile „Volkspolizei" versehener kleiner vergilbter Zettel, etwa in der Größe einer Scheckkarte. Darauf hatte der beflissene staatliche Kassierer handschriftlich den Betrag „20 Mark" vermerkt und mit einer unleserlichen und damit anonymen Paraffe (Es war kein vollständiger Namenszug) unterzeichnet.

Als er das Geld in Empfang nahm, entfaltete sich auf seinem Gesicht ein breites, hämevolles Grinsen, das seine dahinter stehenden Gedanken nur zu deutlich erkennen ließ: „Hier bin ich die Staatsmacht und setze sie auch durch, gerade gegenüber Euch Westkapitalisten! Euch kriegen wir schon alle noch!"

Dem Wunsch des Volkspolizisten nach einer guten Weiterfahrt hörte ich beim Einsteigen zwar noch, ich ließ ihn an mir vorbeifliegen und reagierte auch gar nicht mehr darauf. Froh, dass ich noch einigermaßen glimpflich von diesem so schweren Verkehrsverstoß davongekommen war, suchte ich zügig das Weite aus der Stadt heraus in Richtung Halle-Bernburg-Magdeburg.

Als ich bei einem späteren Besuch in Merseburg bei Schwisselers von dieser Begebenheit mit der imaginären „Stopplinie" berichtete, erfuhr ich, dass gerade dieser Volkspolizist dafür bekannt war, dass er als seine einzige Aufgabe das Abkassieren von Westbesuchern zugeteilt bekommen hatte und auch ansah und diese auch intensiv wahrnahm. Er stand auch immer an dieser einen zentralen Kreuzung, die gerade von vielen Westlern befahren wurde, befahren werden musste, wodurch er problemlos „aus dem Vollen schöpfen" konnte. Wahrscheinlich bekam er dafür regelmäßig dienstliche Belobigungen wie etwa „Erfolgreichster Genosse Polizist der Woche" oder ähnliche Auszeichnungen, in einem Aushang in seiner Dienststelle mit Foto dokumentiert, die dann explizit die Höhe der Übererfüllung seines Kassierer-Solls auswiesen. Vielleicht war er auch noch an den Einnahmen beteiligt.

Im Nachhinein kann man mit dieser armen Seele nur Mitleid empfinden.

Für mich sollte es jedoch nicht die einzige Begegnung mit diesem Staatskassierer bleiben.

Kapitel 31

Vor meinem Abschied aus Merseburg musste ich noch, wie mir bei der Anmeldung aufgegeben worden war, zur Volkspolizei, um mich dort ordnungsgemäß abzumelden. Ich fuhr also zu der mir bereits von der Anmeldung her bekannten Dienststelle, um mir dort das Plazet für die Ausreise zu holen. Wie nicht anders zu erwarten, dauerte die Prozedur, die eigentlich in wenigen Minuten hätte erledigt sein können, ähnlich lange wie bei der Anmeldung, insgesamt ca. zwei Stunden. Und das alles für das Setzen lediglich eines Stempels in den Reisepass, der meine ordnungsgemäße Abmeldung bei der Volkspolizei Merseburg dokumentierte. Die Bedeutung, die diesem Stempel staatlicherseits beigemessen wurde, drückte sich in seiner Größe aus. Er beanspruchte nämlich etwa die Hälfte einer Seite des Reisepasses.

Mit dieser amtlichen Bestätigung der vorschriftsmäßigen Abmeldung verließ ich beruhigt und zuversichtlich das Polizeigebäude.

Natürlich kam mir in diesem Moment meine Anmeldung unmittelbar nach meiner Ankunft im Haus bei Schwisselers durch Eintragung in das Hausbuch in Erinnerung. Erstaunt und überrascht stellte ich fest, dass ich mich dort offensichtlich gar nicht abzumelden brauchte. Hier genügte erkennbar allein die Eintragung der Verweildauer im Haus. *Welch' unbürokratische Lösung.* so dachte ich bei mir.

Zur Abreise musste ich noch tanken. Kurz vorm Verlassen der Stadt lief ich daher noch die einzige Tankstelle von Merseburg an, um noch die letzten „Mark der 'DDR'" in sozialistischen Treibstoff umzusetzen. Es war nämlich verboten, ‚DDR' –Währung auszuführen, natürlich. Wenn für die damals ca. 50.000 Einwohner zählende Stadt lediglich eine(!) Tankstelle zur Verfügung stand, gehört nicht viel Fantasie dazu, sich vorzustellen, was sich dort abspielte. Es bildete sich nämlich immer eine lange Autoschlange davor. Ein- bis zweihundert Meter waren keine Seltenheit. Denn es war ja nicht so, dass es in Merseburg keine Autos gab.

So bekam ich dann nach gehöriger Wartezeit Benzin und verließ derart versorgt die Stadt.

Die Rückfahrt über Halle und Bernburg zur Autobahnauffahrt Magdeburg verlief bei zunehmender Dämmerung bis hin zur Dunkelheit einigermaßen reibungslos.

Gleichwohl hatte ich noch eine entscheidende Hürde zu nehmen: die Ausreise aus dem sozialistischen Staat unserer Landsleute. Und die hatte über den Grenzübergang Marienborn-Helmstedt zu erfolgen, über den ich die Einreise beantragt hatte und dementsprechend auch angereist war.

Natürlich kamen mir da die Worte des Mephistopheles in den Sinn, als er sich bei Faust im Studierzimmer quasi als Gefangener fühlt, da er wegen eines ungenau gezeichneten Drudenfußes (fünfzackiger Stern) auf der Türschwelle den Raum nicht durch die Tür, durch die er als Pudel gekommen war, verlassen kann.

Auf Fausts Frage nämlich, weshalb er nicht durchs Fenster gehe, erklärt Mephistopheles:

„ ‚s ist ein Gesetz der Teufel und Gespenster:
wo sie hereingeschlüpft, da müssen sie hinaus.

Das erste steht uns frei, beim zweiten sind wir Knechte.“

(Mephistopheles in Goethe, „Faust“, Erster Teil, Studierzimmer)

Wie treffend und auf die Situation passen fand ich dieses diabolische „Gesetz der Teufel und Gespenster“, das sich die ‚DDR' mit ihrem höllisch-niederträchtigen, auf Gewalt basierenden Staatswesen zu Eigen gemacht hatte.

Ich hatte also nicht die Wahl, über einen anderen Grenzübergang auszureisen. Also ging ich das Verlassen der ‚DDR‘ nolens volens mit einem ziemlich flauen Gefühl in der Magengegend an. Ich wusste ja nicht, was auf mich zukommen könnte oder würde, da ich bislang noch nicht ausgereist war.

Beim Erreichen der stark gesicherten Grenzanlagen folgte ich dem Wegweiser „Ausreise PKW in die BRD“. Dort reihte ich mich in die Warteschlage der Fahrzeuge ein. Dann verlief alles ähnlich wie bei der Einreise: Halt am Stoppschild, Weiterfahrt nach Aufforderung, anhalten am Kontrollgebäude, aussteigen und dem Kontrolleur auf der Beifahrerseite Pass, Reisedokumente und Forschungsunterlagen vorlegen, Hinweis auf den Empfang des Passes am nächsten Kontrollgebäude, dann rechts ranfahren auf den Standstreifen, gründliche Überprüfung des gesamten Fahrzeugs, eingehende Spiegelung des Unterbodens, Öffnen der Motorhaube und des Kofferraumdeckels, sämtliches Gepäck ausladen, Untersuchung des Innenraumes einschließlich des Lösens der hinteren Rückenlehne und Hochhebens der Sitzbank.

Bei der Kontroll-Prozedur stand in wenigen Metern Entfernung mit gespielter Gelassenheit, ja, fast gelangweilt, ein sehr junger Grenzpolizist mit gezogener Maschinenpistole, jederzeit bereit und dem Eindruck nach auch geneigt, einen möglichen Fluchtversuch mit einer Salve aus dieser Waffe schon im Keim zu ersticken und damit zu vereiteln.

Die Überprüfung, hier im Telegrammstil aufgezeichnet, dauerte für mich gefühlt eine Ewigkeit, wohl durch meine Erregtheit und innere Anspannung, tatsächlich wohl ca. 30 Min. Es schwang auch ein gewisses Maß an Angst mit, obwohl dazu auch nicht der geringste Anlass bestand, da ich nichts Verbotenes an Bord und auch nichts verborgen hatte. Aber ein solcher Fund hätte ja auch fingiert werden können, gleichermaßen ein Grund zum Festhalten.

Kapitel 32

Als ich dann endlich grünes Licht für die Weiterfahrt und damit für die Ausreise bekam, löste sich nach einigen Kilometern auf westdeutscher Autobahn die Anspannung und ich atmete sehr erleichtert auf. „Endlich wieder frei!"

ging es mir durch den Kopf. Dieser Gedanke und dieses Gefühl entsprachen aber auch genau der Realität.

Die letzten reichlich 300 km bis nach Kiel hakte ich erlöst und beruhigt ab, sie empfand ich als Katzensprung gegenüber der kurzen Strecke im Grenzbereich bei der Ausreise.

Abends erreichte ich wohlbehalten Kiel in dem Gefühl und der Gewissheit, für meine Dissertation erfolgreich gearbeitet und eine Fülle an Materialien gefunden und in Kopien bestellt zu haben und darüber hinaus einen erlebnisreichen Aufenthalt in der ‚DDR' mit vielen neuen Eindrücken und interessanten Begegnungen gehabt zu haben. Ich konnte mir nun über die ‚DDR' und die dortigen Verhältnisse ein eigenes, klares Bild machen. Seit dieser Zeit habe ich Berichte in Medien und Aussagen von Politikern über die ‚DDR' mit anderen Augen und mit einem anderen Verständnis gesehen und stets kritisch auf Wahrheitsgehalt und Plausibilität überprüft und mit meinen eigenen Kenntnissen verglichen.
Dabei konnte ich auch später nach Grenzöffnung und Wende noch feststellen, dass einige Politiker, die sich zu den Verhältnissen der ‚DDR' teils vollmundig und vermeintlich kenntnisreich geäußert hatten, offensichtlich die ‚DDR' in ihrem Urzustand niemals selbst kennen gelernt hatten, sondern sich in irgendwelchen Wunsch- oder Trugbildern ergangen waren.

Kapitel 33

Eine schriftliche Anfrage beim Staatsarchiv Potsdam der ‚DDR' hatte ergeben, dass auch in der Orangerie des Schlossgartens Unterlagen über den Grafen zu Eulenburg existierten. Ich bekam allerdings keine Auskunft über Art und Umfang des vorhandenen Schriftgutes. Da ich diese Materialien auf jeden Fall sichten wollte, plante ich also eine Fahrt nach Potsdam.

Bekannte oder Verwandte hatte ich in Potsdam nicht, ich benötigte daher für den Aufenthalt dort ein Hotelzimmer. Dies war nur möglich über das u.a. in Hamburg ansässige „Reisebüro der deutschen Demokratischen Republik", die „Hansa-Tourist-GmbH".

Dorthin wandte ich mich nun also, um für zwei Nächte ein Hotelzimmer zu buchen. Zwei Tage, so, sagte ich mir, müssten zur Sichtung der Materialien wohl ausreichen. Bei der Menge an Unterlagen, die ich in Merseburg vorgefunden hatte, konnte in Potsdam nach meiner Einschätzung nicht mehr viel vorhanden sein.

Mit dieser Vermutung sollte ich auch Recht behalten, wie sich später herausstellte.

Diese Fahrt nach Potsdam plante ich für Ende Juni 1982, mit der Ergänzung, anschließend noch in West-Berlin im Geheimen Staatsarchiv Preußischer Kulturbesitz nach Eulenburg-Unterlagen zu forschen. Von dort hatte ich bereits Nachricht erhalten, dass Akten im Archiv des preußischen Justizministeriums vorhanden waren, zudem auch eine Bilder-Akte mit Fotos des Grafen.

Auf meine Anfrage hin schickte mir Hansa-Tourist Unterlagen zur Buchung meines Hotelzimmers in Potsdam. Abgefragt wurden wieder die zahlreichen Angaben wie Daten zur Person, Art des gewünschten Zimmers, Ziel, Zweck und Zeitraum der Reise, zur Ein- und Ausreise vorgesehene Grenzübergangsstellen etc.

Die mehrseitigen Antragsformulare sandte ich ausgefüllt nach Hamburg. Dieses Reisegesuch beinhaltete gleichzeitig den Antrag auf Einreise in die ‚DDR'.

Zudem musste ich natürlich beim Innenministerium der 'DDR', Staatliche Archivverwaltung, die Benutzung des Archivs in Potsdam in der Orangerie von Sanssouci beantragen, was ich auch postgleich tat.

Und somit setzte ich mich also erst einmal „auf die Wartburg". Diese bekannte Redewendung ist gebräuchlich für jemanden, der auf etwas wartet. Insbesondere sagt man von Schwangeren, sie säßen „auf der Wartburg", warteten also auf die Niederkunft und die Geburt des Kindes.

Zu meiner großen Überraschung bekam ich schon bald, nämlich nach etwa zwei Wochen, eine Mitteilung des Reisebüros „Hansa-Tourist", man biete mir entsprechend meinem Buchungsantrag ein Einzelzimmer an, und zwar in Potsdam im Hotel „Cecilienhof". Das Zimmer ohne Bad einschließlich Frühstück koste 54,00 Mark = 54 DM pro Nacht, der Gesamtbetrag von DM 128,00 schließe DM 20,- Bearbeitungsgebühr ein.

Ich bestätigte sofort schriftlich die Annahme dieses Zimmerangebots und erhielt daraufhin bereits etwa eine Woche danach die Buchungsbestätigung einschließlich Rechnung, mit der Maßgabe, dass mir die Reiseunterlagen erst nach Eingang des gesamten Rechnungsbetrages zugesandt würden.

Diese Nachricht überraschte mich aus mehreren Gründen. Einmal natürlich, weil ich so für ‚DDR' –Verhältnisse kurzfristig eine Buchungszusage erhalten hatte, weiterhin, dass man mir den „Cecilienhof" als Unterkunft ausgewählt hatte. Dies war ja das Hotel, in dem vom 17. Juli bis 02. August 1945 die Potsdamer Konferenz stattgefunden hatte. Sie wird auch als Drei-Mächte-Konferenz bezeichnet, auf der die Chefs der Siegermächte des zweiten Weltkrieges, der britische Premierminister Winston Churchill, nach dessen Wahlniederlage ersetzt durch Clement Attlee, der Präsident der Vereinigten Staaten von Amerika Harry S. Truman und der sowjetische Generalsekretär und Oberbefehlshaber Josef Stalin über die Zukunft Deutschlands nach der bedingungslosen Kapitulation am 08. Mai 1945 berieten. Frankreich als vierte Siegermacht war an dieser Konferenz nicht beteiligt. Schloss „Cecilienhof" also ein geschichtsbedeutsamer Ort.

Auch fand ich erstaunlich, dass ich die Kosten für das Hotel vor Antritt der Reise zu entrichten hatte, und zwar in DM (West), natürlich im Kurs 1:1 zur Mark der 'DDR'. Einmal war ja die Währung in der ‚DDR' Mark der ‚DDR', außerdem konnte ich durch die geforderte Vorabüberweisung die Hotelkosten nicht von dem erforderlichen Zwangsumtausch bestreiten. Man kassierte somit gleich doppelt westdeutsche Devisen.

Ich überwies also, wie gefordert und ohne Alternative, die Übernachtungskosten für den „Cecilienhof" vorab und bekam dann auch zügig die endgültige Buchungsbestätigung mit den Einreisepapieren. Parallel dazu bekam ich nahezu gleichermaßen flott die Benutzungsgenehmigung für das

Staatsarchiv in der Orangerie von Sanssouci in Potsdam. Um genau zu sein, bekam ich keine neue Benutzungsgenehmigung, sondern die mir bereits für das Archiv in Merseburg erteilte Genehmigung wurde auf das Potsdamer Archiv erweitert. Diese enorme Verwaltungsvereinfachung war wohl der Grund für die schnelle positive Bescheidung meines Antrags

Kapitel 34

Am Abreisetermin, dem 29. Juni 1982, konnte ich dank der rechtzeitig eingegangenen Reiseunterlagen früh starten. Da ich auch einmal weg von der Autobahn wollte, ging es in der 'DDR' teilweise „über die Dörfer" bis nach Potsdam. Die normalen Landstraßen waren, wie gehabt, nicht gut ausgebaut und wiesen unzählige Schlaglöcher und andere Schäden auf. Daher ging es dementsprechend auch nicht besonders zügig voran.

Was mich schon überrascht hatte: Mit meiner Einreisegenehmigung war ich trotz Angabe eines genauen Zieles nicht an bestimmte Straßen oder Streckenführungen gebunden. Einer der Volkspolizisten hatte mich darüber informiert: „Sie können sich hier in der ‚DDR' völlig frei bewegen, Sie haben keine vorgeschriebene Fahrtroute." Es gab wohl auch Einreisegenehmigungen mit genau festgelegten Fahrstrecken, und natürlich durften die Reisenden von Westdeutschland nach West-Berlin und umgekehrt die Interzonenautobahnen nicht verlassen und auch nur bestimmte Rastplätze, die extra ausgewiesen waren, anfahren. Diese Rastplätze standen entsprechend den deutlich sichtbaren Anordnungen auf Straßenschildern auch „Nur für Interzonenreisende" zur Verfügung, waren also für Bürger der ‚DDR' strengstens gesperrt.

An diesen Raststätten für Interzonenreisende gab es für Westler ein reichhaltiges Angebot an westlichen Waren zum zollfreien Einkauf. Bevorzugt gab es natürlich Alkoholika und Zigaretten, Kaffee und Schokolade und darüber hinaus stand ein breit gefächertes Sortiment unterschiedlichster Waren im Angebot zum Verkauf.

Hier konnte allerdings nur in westlicher Währung gezahlt werden, in erster Linie natürlich mit DM, aber ich meine, auch mit US-Dollars. Ob darüber hinaus auch andere westliche Währungen angenommen wurden, erinnere ich nicht mehr.

Ich tuckerte also in aller Ruhe nach Potsdam. Zügig ging es nicht immer voran, denn auf den Landstraßen waren außerhalb geschlossener Ortschaften 80 km/h als Höchstgeschwindigkeit zugelassen. Diese Geschwindigkeit war jedoch aufgrund des schlechten Straßenzustandes kaum bis nie zu fahren, wollte man nicht eine Beschädigung des Fahrzeugs riskieren. Und ein solcher Schaden hätte hinsichtlich möglicherweise erforderlicher Ersatzteilbeschaffung und Durchführung der Reparatur unüberwindbare Schwierigkeiten mit sich gebracht. Einzige und sicherlich auch sehr kostspielige Möglichkeit wäre wohl das Abschleppen bis an die Grenze gewesen.

Die Ortschaften, durch die ich fuhr, waren alle ziemlich einheitlich mit einem grau- bis grauschwarzen Schleier belegt, kein kleiner Farbfleck oder auch nur rote Ziegel, nichts Buntes, keine frischen Farben. Diverse Häuser waren auch teilweise ziemlich verfallen, obwohl sie bewohnt waren oder schienen. Auch zahlreiche der gelben Wegweiser existierten nur noch fragmentarisch, Teile davon fehlten einfach und waren auch nicht ersetzt worden. Dadurch wurde die Wegsuche an Kreuzungen und Weggabelungen oftmals zu einem Ratespiel, wenn die Ortsnamen nicht mehr zu lesen waren. Die Ortschaften waren überwiegend verkommen und teils auch richtig unsauber.

Auf den Ackerflächen standen nicht selten Traktoren oder andere Erntegeräte, die ganz offensichtlich schon vor längerer Zeit reparaturbedürftig ihren Dienst eingestellt hatten und nun vor sich hin rosteten. Für die erforderlichen Reparaturen war offensichtlich kein Geld vorhanden oder es gab keine Ersatzteile. Und so ließ man sie am Ort ihrer letzten Tätigkeit einfach stehen und verrotten.

Demzufolge war natürlich klar, dass die von diesen Ausfällen betroffenen Felder auch nicht mehr abgeerntet wurden, die Früchte des Ackers ließ man einfach verkommen. Da alles den Landwirtschaftlichen Produktionsgenossenschaften (LPGs) gehörte, hatte natürlich auch niemand ein persönliches Interesse daran, ein Feld noch abzuernten oder Maschinen zu reparieren. Es fehlte ja auch an allem im Arbeiter- und Bauernstaat, selbst bei und oft auch an gutem Willen.

Kapitel 35

Meine ersten Eindrücke von Potsdam waren schlimm. Kurz hinter dem Ortseingang zogen sich langgestreckte Gebäude hin, die zur Straße zu keinerlei Öffnungen hatten. Türen und Fenster waren nämlich sämtlich zugemauert. Dies war eine sowjetische Kaserne, wie ich später erfuhr. Es gab lediglich Zufahrten zum hinteren Bereich der Gebäude, die ganz offensichtlich auch nur von hinten betreten und verlassen werden konnten.

Potsdam war wohl die Stadt der ,DDR' mit der größten Anzahl an stationierten Soldaten, „unsere sowjetischen Freunde", wie Heiko Schwisseler mit unverkennbar deutlicher Ironie und eben solcher Abneigung nicht nur gelegentlich betonte.

Etwas weiter Richtung Innenstadt, aber deutlich noch im äußeren Bereich und auch nicht weit entfernt von der Kasernenanlage, stand auf der rechten Straßenseite in einigem Abstand auf einem Gleis ein Eisenbahnwaggon, beladen mit Kohle. Drei sowjetische Soldaten waren damit beschäftigt, diese Kohle mit Schaufeln auf einen LKW umzuladen, eine miese, schwere Knochenarbeit. Bei ihnen stand ein weiterer Soldat, Kamerad wäre wegen dessen Aufgabengebiet wohl zu viel gesagt. Dieser vierte Soldat bewachte nämlich die drei Schaufelnden mit gezogener Maschinenpistole. Die drei Arbeitskräfte sollten also gar nicht erst auf die Idee kommen oder gar mit dem Gedanken spielen, zu fliehen. Der Bewacher machte nämlich durchaus den Eindruck, als würde er derlei Versuche bereits im Ansatz und ggf. auch unter Einsatz der Schusswaffe unterbinden. Also schaufelte man kräftig Kohle. Der große Waggon barg ja auch noch eine riesige Menge dieses schwarzen Goldes.

Etwas später sah ich – wiederum drei – sowjetische Soldaten auf dem rechten Fußweg. Sie gingen flotten Schrittes, ohne jedoch zu marschieren. Hinter ihnen ging, ähnlich wie beim Kohlewaggon, ein vierter Soldat, auch hier mit gezogener Maschinenpistole als Bewacher.

Beide Szenarien gingen mir lange nicht aus dem Kopf, sie machten mich sehr nachdenklich und betrübt, ja, auch ein wenig ängstlich.

Diese meine ersten Eindrücke von Potsdam waren also nicht gerade sehr positiv, sie waren richtiggehend erschreckend. Wenn diese soldatischen Bilder auch nicht die Stadt Potsdam und ihre eigentliche Bevölkerung wiedergaben, so waren sie für mich doch erste prägende Wahrnehmungen, die sich später allerdings noch vertiefen sollten. Das nahezu gesamte Stadtbild Potsdams war nämlich maßgeblich von der Fülle sowjetischer Soldaten geprägt. Und diese Bilder vermittelten auch nicht den Eindruck, als seien mit den Sowjets die viel gepriesenen „Freunde" im Land.

Ich tastete mich dann etwas mühsam durch die Stadt und den Neuen Garten zum Hotel „Cecilienhof" durch und war froh, dort direkt vor dem Haus einen Parkplatz gefunden zu haben. Auf dem Weg dahin wurde ich mehrmals durch das Hupen ungeduldiger Potsdamer zur Weiterfahrt gedrängt, wenn ich an der roten Ampel mit dem nach rechts zeigenden grünen Pfeilschild nicht sofort zügig nach rechts abbog. „Natürlich wieder so ein vertrottelter unkundiger Westler." so dachte man sicherlich hinter mir. Aber ich muss eingestehen, dass es mir auch in Kenntnis der Bedeutung des grünen Pfeils sehr schwer fiel, durch eine „Rot" zeigende Ampel zu fahren. Das waren so die Momente, in denen ich in Erinnerung an Merseburg im Geiste schon die Trillerpfeife eines Volkspolizisten hörte, der mich zum grundlosen Abkassieren an die Seite pfiff.

Kapitel 36

Das Hotel „Cecilienhof" liegt im Norden des Neuen Gartens und ist ein Schloss aus Backstein und Fachwerk, gebaut im englischen Landhausstil. Es wurde 1913 bis 1917 für den ältesten Sohn des Kaisers, Kronprinz Wilhelm, gebaut und nach dessen Ehefrau Cecilie, Herzogin zu Mecklenburg, benannt.

Es war zwischenzeitlich später Nachmittag geworden, als ich mich dann im Hotel anmeldete, „eincheckte", wie es zwischenzeitlich in Anlehnung an den Flughafenbetrieb so schön neudeutsch heißt.

An der Rezeption wurde ich freundlich begrüßt und empfangen, meine Buchungsunterlagen wurden gründlich geprüft und ich dann willkommen geheißen.

Ich bekam eine Hotelkarte ausgehändigt, die einige Informationen und auch Anweisungen für den Aufenthalt im Hause enthielt. Gleich an erster Stelle war vorgegeben, dass Hotelgäste ihre möglichen Besucher ausschließlich in der Hotelhalle oder in den Restaurationsräumen empfangen durften, da die Hotelzimmer nur den polizeilich gemeldeten Hotelgästen zur Verfügung stünden. Also kein Besuch auf den Zimmern. Man fürchtete wohl irgendwelch' unkontrollierbare konspirative Aktivitäten.

Im Hotelbett (!) herrschte Rauchverbot und beim Verlassen des Zimmers waren Wasserhähne und Fenster zu schließen und das elektrische Licht auszuschalten.

Zudem bekam ich eine Parkkarte, auf der mein Kfz-Kennzeichen und die Zeit meines Aufenthalts notiert waren.

Diese Karte berechtigte mich, auf dem Parkplatz des Hotels zu parken.

Mir wurde dann auch die Miete eines tragbaren Fernsehgerätes für 7,00 Mark der ‚DDR' pro Tag angeboten, worauf ich aber verzichtete.

Nachdem mir die Lage der Räumlichkeiten wie Speisesaal, Toiletten etc. erklärt worden war, wurde ich auf mein Zimmer im 1. Obergeschoss geführt. Dieses Zimmer war nun sehr spartanisch eingerichtet: Ein Bett, ein Tisch, ein kleiner Sessel, ein Stuhl, ein Schrank für Bekleidung und in einer Ecke ein kleines Handwaschbecken. Ich war überzeugt, dass ein weiterer, wenn auch nicht sichtbarer Gegenstand im Zimmer war, nämlich ein kleines Mikrofon. Ich habe zwar keines gefunden, allerdings auch nicht danach gesucht. Aber gefühlt war eines vorhanden.

Möbel und Tapeten waren dunkel und bewirkten einen düsteren Charakter dieses kleinen Raumes. Allein die weißliche Bettwäsche brachte neben dem kleinen Fenster tagsüber ein wenig Helligkeit in diese kleine Kemenate.

Toilette und Bad waren natürlich auf dem Flur. Ich hatte das Zimmer allerdings auch ohne Bad und WC angeboten bekommen und auch so gebucht. Der Blick aus dem Fenster war erfreulich. Ich sah auf den baumbestandenen Garten, der das Hotel umgab. Freie Natur also, ein schöner Ausblick. Das Haus war ziemlich hellhörig, auf den Holzdielen des Flures hörte man jeden Schritt und verstand bei Unterhaltungen dort unfreiwillig jedes Wort deutlich.

Nachdem ich dann die erste Überraschung über das Zimmer überwunden und meinen Koffer ausgepackt hatte, überlegte ich mir, vielleicht doch einen Fernsehapparat zu mieten. Es lief nämlich gerade die Fußballweltmeisterschaft in Spanien und an diesem Abend (29.06.1982) spielte Deutschland gegen England, ein Fußball-Klassiker also.

So holte ich mir also dann doch solch ein kleines tragbares Gerät aufs Zimmer.

Kapitel 37

Vor dem Abendessen nutzte ich die Zeit, das Hotel und die Umgebung ein wenig – soweit möglich – zu erkunden. Durch einen Torbogen gelangte ich in den rechteckigen, vollständig umbauten Innenhof. In der Mitte prangte auf einer großen Rasenfläche ein fünfstrahliger Stern aus roten Blumen, ich meine, es seien Eisbegonien gewesen. Die Anlage war sehr gepflegt. Der rote Stern war, so vermutete ich, eine Reverenz an die allgegenwärtigen sowjetischen „Freunde" des Landes. Um diesen Rasen führte ein Weg herum, der den Abstand zum Gebäude ausfüllte.

Ich ging dann außen um das Haus und fand erneut Überraschendes, was vorher nicht zu sehen war. Ziemlich dicht hinter dem Hotel verlief die „Staatsgrenze" der ‚DDR' nach West-Berlin. Sie präsentierte sich in Form eines Todesstreifens. Ein breiter Kahlschlag mit mehreren mit Stacheldraht, wahrscheinlich Banndraht, bespannten Zaunreihen, davor ein ausgetretener Gehweg, auf dem zwei Grenzpolizisten zu Fuß Dienst taten und Wache gingen, begleitet von einem Schäferhund. Dieser lief an einer längeren Leine teils vor den bewaffneten Uniformierten, teils hinter ihnen her. Der gesamte Grenzstreifen war gut zu überschauen, insbesondere natürlich von den in regelmäßigen Abständen von vielleicht 200 m bis 300 m errichteten Wachtürmen.

Hier hatte ich nun die traurige und schreckliche, gleichwohl realistische Situation der brutalen, gewaltsamen Spaltung Deutschlands und Trennung des Landes in Ost und West unmittelbar vor Augen. So, wie ich sie beim Grenzübertritt wegen der dort aufgestellten Sichtblenden nicht hatte sehen können. Erstmalig in der ‚DDR' überkam mich ein beängstigendes Gefühl, hier quasi unmittelbar an und in der Schusslinie zu stehen. Die ganze Tragik und Sinnlosigkeit der Teilung Deutschlands wurde hier durch knallharte gefährliche, kriegerisch anmutende existente Fakten manifestiert sichtbar.

Gleichzeitig war diese Grenzanlage allerdings auch eine mehr als deutliche Demonstration der Hilflosigkeit und Angst der ‚DDR' –Regierung und des Führungskaders der SED vor den eigenen Bürgerinnen und Bürgern. Derart umfassende und brutale, ja, Tod androhende und auch bringende Sicherungsanlagen waren erforderlich, um die Menschen in diesem „demokratischen Staat" einzusperren und deren Abwanderung zu verhindern. Und das mit tödlichen Selbstschussanlagen und Maschinenpistolen der wachhabenden Grenzpolizisten.

Der Name Peter Fechter schoss mir durch den Kopf, ein junger Mann von 18 Jahren, dessen Versuch, dieses Terrorregime von Ost-Berlin gen West-Berlin zu verlassen, mit Maschinenpistolensalven vereitelt wurde. Die Grenzpolizisten ließen den schwer getroffenen Fechter im Grenzstreifen liegen, bis er verblutet war. Erst einige Zeit später wurde seine Leiche abtransportiert. Auch zahlreiche andere tödlich geendete Fluchtversuche, z.B. in der Bernauer Straße in Berlin, kamen mir in Erinnerung.

Wie man später erfuhr, wurden diese Todesschützen von der ‚DDR'–Führung mit Lob, Orden und Sonderurlaub für ihren tapferen Einsatz hoch dekoriert. Unfassbar! Und das in Mitteleuropa.

Diese in der ‚DDR' offiziell als „Antifaschistischer Schutzwall" deklarierte, also gegen angeblich vorhandene westliche Eindringlinge sinnentstellt schöngeredete Todesgrenze war in Wirklichkeit nichts anderes als eine hochgesicherte Gefängnismauer um das Land und die gesamte Bevölkerung der ‚DDR', die ‚DDR' also ein großflächiges Gefängnis, in dem unschuldige Bürger gewaltsam eingesperrt waren.

Bezeichnend ist, wie später bekannt wurde, dass dieser „Antifaschistische Schutzwall" sich in einigen Fällen von Westdeutschland her als ausgesprochen durchlässig erwies. Einige Mitglieder der westdeutschen linksterroristischen Vereinigung „Rote Armee Fraktion" (RAF) wurden nämlich nach ihren zahlreichen Mordtaten von der ‚DDR' bereitwillig aufgenommen, dort teils mit neuen Identitäten ausgestattet und gut versorgt ein geruhsames Leben führen konnten und so vor der westdeutschen Strafverfolgung geschützt wurden.

Bei diesen Gedanken, die mir angesichts dieser Grenzanlagen durch den Kopf gingen, lief mir mehrfach ein Schauer über den Rücken. Ich kam mir vor wie in einem schlechten Film bzw. in einem schrecklichen Traum, aus dem ich aber leider nicht aufwachen konnte. Am liebsten wäre ich sofort ausgereist.

Kapitel 38

Nach einem kurzen Fußweg weg vom Hotel „Cecilienhof" sah ich in einiger Entfernung eine große Brücke, die ein
breites Gewässer überspannte. Die Brücke war vollständig
leer, keinerlei Bewegung von etwaigen Verkehrsteilnehmern.
Sie war also gesperrt. Es war die Glienicker Brücke, wie mir
sehr schnell klar wurde.

Die Glienicker Brücke ist ja in mancherlei Hinsicht voller geschichtsträchtiger Bedeutung. Den Namen hat sie von
dem nahe gelegenen Gut Glienecke. Die Stahlkonstruktion
mit zwei hoch führenden Türmen überspannt einen Arm der
Havel und reicht von Berlin hinüber nach Potsdam.

Normalerweise verbindet eine Brücke zwei Landteile
und deren beider Bevölkerung. Zum Zeitpunkt meines Besu-
ches verband die Glienicker Brücke keineswegs die beiden
Städte, ganz im Gegenteil. Die Brücke war auf Potsdamer,
also ‚DDR'–Seite vollständig gesperrt, ja, vor jeglicher
Überquerung hermetisch abgeriegelt, und zwar dergestalt,
dass keinerlei Bewegung hinüber oder herüber stattfand,
sieht man einmal von den immerhin noch frei fliegenden
Vögeln ab. Für die beiderseitige Bevölkerung jedenfalls war
sie auf Dauer verschlossen. Sie war Teil der Grenze nach
West-Berlin und damit als Grenzanlage quasi Bestandteil des
Todesstreifens und demgemäß natürlich durch bewaffnete
Grenzpolizei gleichermaßen streng bewacht. Ihrer eigentli-
chen Aufgabe, nämlich die Menschen von Potsdam und Berlin zu verbinden, wozu sie und ihre Vorgängerbauten über
mehr als drei Jahrhunderte gedient hatten, war sie brutal be-

raubt worden und hatte, umfunktioniert zu einer trennenden Grenzanlage, nun eher Wachturmcharakter.

Diese Glienicker Brücke wurde jedoch weltbekannt und erlangte damit auch eine gewisse internationale Berühmtheit. In einigen wenigen Fällen nämlich fanden auf ihr beziehungsweise über sie Agentenaustausche zwischen Ost und West statt. Beide Seiten hatten sie ganz offensichtlich als für diese Anlässe besonders geeigneten Ort ausgewählt.

Dabei wurden zu einem verabredeten Zeitpunkt auf beiden Seiten der Brücke die auszutauschenden Personen herangeführt und bereitgestellt. Die Grenzlinie befand sich in der Mitte der darunter fließenden Havel, folglich auch mitten auf der Brücke, gekennzeichnet durch einen weißen Querstrich, also in gleichem Abstand von West-Berlin und Potsdam.

Der Austausch erfolgte dann in der Form, dass von beiden Seiten die Offiziellen mit den Austauschkandidaten bis zur Mitte der Brücke gingen, die Offiziellen dann dort die erforderlichen Formalitäten erledigten, so den Abgleich der Listen der vereinbarten Austauschkandidaten mit den erschienenen Personen vornahmen. Die Agenten wechselten dann auf die jeweilige Gegenseite und wurden dort von den Offiziellen in Empfang genommen. Nach dieser nur wenige Augenblicke dauernden „Zeremonie" verließen die Offiziellen mit ihren neuen Begleitern, den ausgetauschten Personen, sofort und zügig die Brücke zu ihrer jeweiligen Seite. Damit war der Austausch kurz und unspektakulär durchgeführt und beendet worden.

Diese Agentenaustausche hatten internationale Bedeutung, da die Kandidaten in erster Linie Angehörige der Siegermächte Sowjetunion und Amerika waren. Es sollen bei diesen Gelegenheiten allerdings vereinzelt auch Ost- und Westdeutsche übergewechselt sein. Auf diese Weise wurden dann einige von der Bundesrepublik aus Gefängnissen der ‚DDR' Freigekaufte in den Westen geholt.

Diese Brücke von höchster internationaler politischer Bedeutung fand sich also für mich nahe gelegen und gut sichtbar im Abstand eines kleinen Fußweges zum Hotel „Cecilienhof".

Kapitel 39

Gegen 19.00 h begab ich mich in den Speisesaal zum Abendessen.

Es war ein gediegener Saal, an den Wänden mit dunklem, fast schwarzem Eichenholz hoch vertäfelt. Dieser stilvoll eingerichtete Raum rang mir schon Erstaunen und Bewunderung ab. Er war in bestem Zustand hergerichtet und vermittelte so eine angenehm einladende Atmosphäre. Alles atmete hier Geschichte, hatte doch in diesem Saal die Potsdamer Konferenz stattgefunden. Ein angemessener Ort also für dieses so wichtige weltpolitische Ereignis.

Es gehörte nicht viel Fantasie dazu, sich an einem Tisch die Delegationsführer der Siegermächte mit ihren Begleitstäben und Dolmetschern in angeregter ernster und teils heftiger Diskussion und Beratung vorzustellen.

Mit meiner Erfahrung aus Merseburg, dass man in Gaststätten „platziert" würde, ging ich artig zum offensichtlich darauf wartenden, da ohne Bedienungsaufgaben an seinem

Pult stehenden Oberkellner, grüßte und fragte ihn, wo er wohl einen Platz zum Abendessen für mich hätte. Er führte mich an Tisch 1, wie ich später der Verzehrquittung entnehmen konnte.

Zu meiner großen Überraschung hatte ich die Nr. 1 ganz für mich allein, obwohl an anderen Tischen, an denen bereits Gäste saßen, noch Plätze frei waren. Ich bekam auch für die Dauer meines Abendessens keinen anderen Gast mehr zu mir gesetzt, „platziert".

Kaum hatte ich mich gesetzt, da kam eine freundliche Kellnerin zu mir, brachte die Speisekarte und fragte, ob ich schon einen Getränkewunsch hätte. Ich bestellte sogleich erst mal ein Pils. Es kostete, nebenbei gesagt, 90 Pfennige, es mögen 0,3 l oder 0,4 l gewesen sein.

Zum Essen entschied ich mich bei der geringen Zahl an Gerichten für ein Rumpsteak, 13,75 Mark, und bestellte es, als mir das Bier fast ohne „Blume" zügig serviert wurde. Das Rumpsteak schmeckte recht gut, das beigelegte Dosengemüse diesem Standard entsprechend.

Nachdem ich mit drei Pils und einem 4 cl Goldkrone Weinbrand (4,70 Mark) meine abendliche Zeche inklusive Essen in Höhe von 21,15 Mark beglichen hatte, ging ich aufs Zimmer, um mir dann in Ruhe unser Fußball-WM-Gruppenspiel gegen England auf dem kleinformatigen Fernseher anzusehen. Da ich das Spiel und den Abend nicht völlig trocken verbringen wollte, ging ich nochmals zur Rezeption und kaufte mir zwei Halbliterflaschen Bier.

So ausgerüstet widmete ich mich dann dem runden Weltmeisterschaftsleder, und zwar für mich erstmalig auf einem ‚DDR'–Kanal. Zu meiner Überraschung war der Ost-Reporter in seiner Kommentierung nicht etwa den Briten zugeneigt oder gar Westdeutschland-feindlich. Er mühte sich um Neutralität und hob auch gute Spielzüge der westdeutschen Mannschaft – für ihn natürlich die „BRD"-Mannschaft - durchaus lobend hervor, was mich verwunderte. Das Spiel endete übrigens torlos.

Diese Fußballübertragung wurde gelegentlich durch hotelinterne Geräusche überlagert. Auf dem Flur waren in dem einen oder anderen Zimmer sowjetische Damen untergebracht, offensichtlich Ehefrauen von Besatzungstruppen, von „unseren Freunden", wie Heiko Schwisseler nicht ohne erkennbare Ironie, durch die allerdings auch Verärgerung bis Wut durchschimmerte, wiederholt bemerkt hatte.

Die Damen unternahmen hörbar vieles gemeinsam. Wiederholt kamen, so zumindest mein akustischer Eindruck, alle gleichzeitig aus ihren Räumen und trappelten dann über die Holzdielen des Flures mit geräuschvoll vielstimmiger und natürlich gleichzeitiger Unterhaltung gemeinsam in einen anderen Raum. Meine nachträgliche Erkundigung ergab, dass Ziel dieses Sturmlaufes die Toilette war.

Diese Schuh- und Trittgeräusche erinnerten mich spontan an den nicht nur bei Opernfreunden sehr bekannten „Holzschuhtanz" aus der Oper „Zar und Zimmermann" von Albert Lortzing. Das Flurgetrappel war natürlich nicht so taktsicher und rhythmisch, wie das Ballett mit Holzschuhen in der Oper, dafür aber unmittelbar nah, und von der Intensität her gab es schon Parallelen.

Natürlich verließen die Damen auch gemeinsam den offensichtlich gastlichen Sanitärraum, um dann mit gleicher Geräuschkulisse – die zweite Strophe des „Holzschuhtanzes" – zurück zu den eigenen Unterkünften zu streben.

Es muss allerdings erwähnt werden, dass später die Nachtruhe nicht dergestalt unterbrochen bzw. beeinträchtigt wurde.

Kapitel 40

Am nächsten Morgen, es war der 30.06.1982, fuhr ich dann durch den Neuen Garten zur Orangerie, um dort im Archiv nach Unterlagen über „meinen" Grafen zu Eulenburg zu forschen.

Es war ein regnerischer, diesiger Morgen. Ich hatte meinen alten Audi 80 gerade auf dem dortigen Parkplatz abgestellt und die Tür geöffnet, um auszusteigen. Da stand plötzlich ein Junge am Wagen, geschätzt etwa 10, höchstens 11 Jahre alt. „Soll ick Ihnen mal de Anlagen von Sanssouci zeigen? Det kostet aba 20 Mark West.", schoss es ihm in seinem berlin-brandenburgischen Dialekt aus dem Mund.

Ich war sehr überrascht über dieses kindliche Angebot und, vor allem, über die Selbstverständlichkeit, ja, die Dreistigkeit, mit der es einschließlich des Preises vorgetragen wurde. Nach kurzer Überlegung lehnte ich dann dankend ab, in erster Linie, weil ich mir sicher war, dass der Junge geschickt worden war, um Geld zu verdienen, und dass er somit von dem geforderten Betrag wohl nichts für sich selbst würde behalten dürfen, sondern ihn sicher in voller Höhe zu Hause abzuliefern gehabt hätte. Zudem wollte ich auch die kurze Zeit, die ich fürs Archiv vorgesehen hatte, vollends nutzen, da ich nicht wusste, wie zeitaufwendig die angebotene Führung sein würde und wie umfangreich die im Archiv vorhandenen Unterlagen nun tatsächlich waren, die ich durchzusehen und zu erarbeiten hatte.

So nahm ich dann meinen Weg in die Orangerie. Dort im Archiv wurde ich gleichermaßen freundlich wie in Merseburg empfangen und begrüßt und bekam nach Erledigung der Formalitäten dann auch sehr zügig die gewünschten Unterlagen mit großer Hilfsbereitschaft vorgelegt. Man war ganz offensichtlich auf meinen Besuch vorbereitet und hatte die erforderlichen Schriften wohl schon bereit gelegt.

Die vorhandenen Schriftstücke über Eulenburg waren von der Anzahl und dem Umfang her doch sehr überschaubar. Hätte ich vorher darüber Kenntnis gehabt, hätte ich wohl überlegt, ob ich deswegen überhaupt nach Potsdam hätte fahren sollen. Ich hätte dann versucht, auf dem Postweg die Unterlagen zu bekommen. Dies hatte wohl auch die Archivverwaltung erkannt und mir deshalb keine genaue Auskunft über Art und Menge der vorhandenen Texte gegeben. Man wollte sicherlich auf meinen immerhin devisenträchtigen Besuch nicht verzichten.

Bei den dort aufgefundenen Schriften handelte es sich um Tagebuchauszüge Eulenburgs, die allerdings sehr wichtig waren, so dass ich froh war, das Archiv in Potsdam doch aufgesucht zu haben.

In den Nachmittagsstunden hatte ich alle Schriftstücke gesichtet und, soweit erforderlich, Kopien davon bestellt, so dass ich meine Tätigkeit in der Orangerie auch abschließen konnte.

Da ich nun also doch noch Zeit hatte, war es mir fast leid, dass ich das Angebot des Jungen abgelehnt hatte. Ich hätte mir nun nämlich ganz gern die Gartenanlage angesehen, zumal inzwischen das Wetter deutlich freundlicher war, der Himmel hatte sich aufgeklärt.

Andererseits war ich doch froh, dem Jungen kein West-Geld gegeben zu haben. Mir kam nämlich der Gedanke, dass dieses Angebot der Führung gegen D-Mark auch eine Falle der Polizei hätte sein können. Durch die Zahlung hätte ich möglicherweise auch in ein Devisenvergehen gelockt werden sollen, damit man mich dann hätte festhalten können, um mich vielleicht für einen Gefangenenaustausch einzusetzen. Von willkürlichen Festnahmen für den Häftlingshandel der ‚DDR' wurde immer wieder berichtet. Zumindest aber hätte man reichlich Strafe von mir kassieren können. Es war auch gar nicht auszuschließen, dass die Aushändigung von D-Mark, nach dem Verständnis der ‚DDR' ja immerhin ausländische Devisen, an Minderjährige nach ‚DDR' –Recht einen Straftatbestand darstellte. Man konnte ja bei keinem Anlass und keiner Gelegenheit unsere westlichen freiheitlichen Grundlagen und rechtsstaatliche Verfahren zum Maßstab nehmen.

So war ich dann doch wieder froh, auf das Angebot des Jungen mit der Führung nicht eingegangen zu sein. Und daher begab ich mich dann wieder zurück ins Hotel „Cecilienhof".

Zum Abendessen gönnte ich mir an Tisch 16 Entenbraten zu 8,85 Mark und eine Limonade zu 0.93 Mark. Zu dem Gericht wurde immerhin Gurkensalat in Sahnesoße serviert. Der Entenbraten schmeckte sehr gut, die Begeisterung über den Salat hielt sich doch eher in Grenzen.

Als ich fertig gegessen hatte, kam eine Kellnerin mit einem Buch auf mich zu. „Darf ich fragen, wie Ihnen das

Abendessen geschmeckt hat?" Ich war zufrieden und lobte entsprechend das Gericht mit freundlichen Worten. „Dann habe ich eine Bitte an Sie." fuhr sie fort, „Es haben bei uns heute auszubildende Köchinnen und Köche die Speisen zubereitet. Es wäre nett von Ihnen, wenn Sie über das Essen einige freundliche Worte in dieses Gästebuch schreiben würden. Positive Stellungnahmen von zufriedenen Gästen würden den jungen Leuten in ihrer Ausbildung und der Benotung zugutekommen." Natürlich war ich dazu bereit und schrieb dann einige lobende Worte über die schon erstaunlich fortgeschrittene Kochkunst der Lehrlinge in das Gästebuch. Nach einiger Zeit holte die Kellnerin das Buch mit herzlichem Dank für die wohlwollende Eintragung ab.

Im Nachhinein machte ich mir Gedanken über dieses schon außergewöhnliche Anliegen der Kellnerin. Ich hatte nicht gesehen, dass sie auch an anderen Tischen ihren Wunsch entsprechend vorgetragen hätte. Es kam mir in den Sinn, dass man vielleicht auf diese ja ziemlich unverfängliche Weise eine Handschriftenprobe von mir bekommen wollte, um die ganz sicher über mich geführte Akte zu vervollständigen. Man musste in der ‚DDR' ja schließlich mit allem rechnen.

Kapitel 41

Für den nächsten Tag plante ich gleich nach dem Frühstück die Abreise nach West-Berlin. Entsprechend packte ich meine Sachen rechtzeitig und war nach der Morgenmahlzeit dann auch abfahrbereit. Da ich kein Ost-Geld „ausführen" durfte, erfolgte zunächst ein Kassensturz hinsichtlich noch vorhandenen Guthabens an Mark der 'DDR'. Ich hatte ja für die drei Tage im Rahmen des Zwangsumtausches immerhin 75,00 DM zum Kurs 1:1 in Mark der ‚DDR' umwechseln müssen.

Die Prüfung ergab einen Bestand von etwa 25 Mark. Da ich bis zur Ausreise keine weiteren Ausgaben tätigen wollte, beschloss ich, den 20-Mark-Schein mit der Post an Frau Schwisseler nach Merseburg zu schicken und das restliche Kleingeld an der Rezeption als Trinkgeld zu hinterlassen. Und so verfuhr ich dann auch. An der Rezeption freute man sich über den Obolus. Den Brief mit dem Geldschein steckte ich noch im Potsdam in den Briefkasten. Es handelte sich somit ja um eine landesinterne Postsendung.

Dann machte ich mich auf den Weg nach West-Berlin. Am Grenzübergang erfolgte die übliche gründliche Kontrolle meiner Papiere und Forschungsunterlagen sowie natürlich des gesamten Fahrzeugs. Nach einiger Zeit erhielt ich dann grünes Licht für die Ausreise und atmete erleichtert auf, als ich West-Berliner Gebiet erreicht hatte.

Hinsichtlich des zugesandten Geldscheines hat sich Frau Schwisseler nie bei mir bedankt. Dies war allerdings so gar nicht ihre Art. Sie war nämlich sehr bescheiden und über jedes kleine Paket oder Mitbringsel sehr erfreut und überaus dankbar, was sie auch stets deutlich zum Ausdruck brachte.

Längere Zeit später fragte ich sie dann, ob sie eigentlich meinen Brief aus Potsdam erhalten hätte. Sie verneinte dies. Damit war klar, dass der Brief mit dem Geld von den ‚DDR' -Postbehörden einkassiert und das Geld – von wem auch immer – einbehalten worden war. Weder Frau Schwisseler noch ich haben jemals eine Mitteilung der Post über das Einziehen des Briefes erhalten, es erfolgte einfach so, ohne jegliche Reaktion.

Als ich einige Tage später von West-Berlin die Heimreise antrat, traf ich kurz vor dem Grenzübergang in die ‚DDR' auf einen großen Menschenpulk beiderseits der Straße. Es waren Anhalter, die eine Mitfahrgelegenheit nach Westdeutschland suchten. Obwohl ich allein im Wagen saß, nahm ich gleichwohl niemanden mit. Ich wollte das Risiko nicht eingehen, dass jemand etwas Unzulässiges mitnahm und es unbemerkt im Wagen ablegte, das dann bei der Grenzkontrolle aufgefunden und möglicherweise mir als Fahrzeughalter zugeordnet würde und ich dadurch in Bedrängnis käme. Da ich nun nicht mehr in die ‚DDR' einreiste, sondern auf der Interzonenautobahn lediglich durch die ‚DDR' hindurchfuhr, fiel die Grenzkontrolle an der „Durchfahrt Interzonenverkehr" im Vergleich zur Einreise ein wenig einfacher und damit auch kürzer aus. Ohne wesentliche Verzögerung konnte ich dann auf die Autobahn von Berlin nach Helmstedt einbiegen.

Auf der Interzonen-Autobahn wie überhaupt in der ‚DDR' habe ich mich stets sehr genau an die Geschwindigkeitsbeschränkungen gehalten. Es wurde dort nämlich streng kontrolliert. Man hatte an den Autobahnen unauffällige begrünte Erdwälle aufgeschüttet, hinter denen sich, vom fließenden Verkehr unbemerkt, die Kameras befanden und eifrig blitzten.

Ich fuhr auf den Autobahnen, auf denen 100 km/h zugelassen waren, meist 95 km/h, eher weniger. Das nutzten insbesondere „Trabbi"-Fahrer als Gelegenheit zum Überholen.

Dazu fuhren sie zunächst ziemlich dicht auf meinen PKW auf. Wenn sie aus dem Windschatten meines Wagens herausgefallen waren und sich dadurch ihre Geschwindigkeit merklich senkte, überholten sie dann aber gleichwohl. Millimeter um Millimeter kämpften sie sich mit voller Kraft des „Trabbi" und stolzem Gesichtsausdruck auf langer Strecke an meinem alten Audi, einem „West-Fahrzeug", vorbei, um dann erkennbar siegesbewusst kurz vor mir auf meine Spur einzuscheren.

Dies veranlasste mich nach anfänglich schlechter Erfahrung regelmäßig, abzubremsen und den Abstand zum Überholer deutlich zu vergrößern. Gerade die „Trabbis" nämlich stießen viel Abgas – in blauer Wolke deutlich sichtbar - ungefiltert aus. Gelegentlich legte ein einziger „Trabant" die gesamte Fahrbahn in Auspuffqualm. Ähnlich war es bei den etwas größeren „Wartburg"-Modellen. Diese Abgase hatten bei mir schon nach kurzer Zeit regelmäßig zu Kopfschmerzen geführt. Ich konnte aber für längere Zeit nicht ohne Belüftung fahren. Also hielt ich größeren Abstand.

Die Rückfahrt zum Grenzübergang Helmstedt verlief problemlos, und so konnte ich nach der obligatorischen Kontrolle durch die ‚DDR'–Organe, an die ich mich zwischenzeitlich schon fast gewöhnt hatte, erleichtert aufatmen, als ich wieder westdeutsches Gebiet erreicht hatte. Die Schlussetappe nach Kiel war nur noch gefühlt ein Katzensprung.

Kapitel 42

Im Sommer 1983 nahm ich an einer dienstlichen Fortbildung in West-Berlin teil, dem Berlin-Seminar. Von der einwöchigen Veranstaltung war auch ein Tag für einen Besuch in Ost-Berlin vorgesehen.

Die Einreiseformalitäten hatte die unser Seminar betreuende Behörde in Westberlin für uns erledigt und uns dort auch offiziell zur Einreise als Gruppe westdeutscher Beamter angemeldet. An dem vorgesehenen Tag fuhren wir also dann zum Grenzübergang Bahnhof Friedrichstraße, um dort nach Ostberlin einzureisen.

Unser Ziel war natürlich zuerst die „Ständige Vertretung der Bundesrepublik Deutschland bei der Deutschen Demokratischen Republik" in der Hannoverschen Straße 28-30 in Ostberlin.

Seit 1974 hatten die Bundesrepublik und die ‚DDR' gegenseitige Vertretungen eingerichtet, die der ‚DDR' befand sich in der damaligen Bundeshauptstadt Bonn. Diese Vertretungen erfüllten Aufgaben von Botschaften, waren aber offiziell keine, da beide deutschen Teile nicht als Ausland galten.

Trotz der offiziellen Anmeldung gestaltete sich die Einreise nach Ostberlin nicht ganz problemlos. Die Grenzpolizisten der ‚DDR' hatten jeweils Namenslisten von unserer Gruppe. Wir mussten uns am Einreiseschalter mit Reisepass legitimieren, jeder Name wurde dann nach der Kontrolle abgehakt. Damit aber nicht genug. Um uns die Einreise zu erschweren, wurde bei jedem aus unserer Gruppe ein Hindernis aufgebaut. Bei mir sah das beispielsweise so aus:

Frage des Grenzpolizisten: „Wie viel Geld führen Sie ein?"

Meine Antwort: „Etwa knapp 80 DM."

Erneute Frage mit Nachdruck: „Wie viel Geld führen Sie ein?"

Zweite Antwort: „Ein 50-DM-Schein, ein 20-DM-Schein und etwas Kleingeld.

Weitere Frage, noch nachdrücklicher: „Wie viel Geld genau führen Sie ein?"

Ich schüttete also nun nicht ohne in mir aufgestiegene Wut, gleichwohl bewusst kontrolliert, den gesamten Inhalt meines Portemonnaies auf den Tresen und zählte Scheine und Münzen bis auf den Pfennig vor.

„In Ordnung. Sie können einreisen." lautete die lakonische Antwort. Das Vorzählen des Geldes hatte ihn schon gar nicht mehr interessiert, seine Schikane gegen einen Westbesucher hatte er durchgezogen und damit Staatsmacht demonstriert, und allein das war ihm wichtig.

Ein Kollege wurde vom Grenzpolizisten gefragt:
„Wohin wollen Sie reisen?"
Antwort: „Nach Ostberlin."
Wiederholung der Frage: „Wohin wollen Sie reisen?"
Dieselbe Antwort: „Nach Ostberlin."

Der Kollege wurde aus der Gruppe herausgenommen, ihm wurde ein etwa 45-minütiger staatspolitischer Vortrag über „Berlin, Hauptstadt der ‚DDR'" gehalten. Entsprechend verspätet kam er in der „Ständigen Vertretung" an.

So hatte jeder von uns eine kleinere oder größere Schikane der Grenzpolizei zu ertragen. Es wurde allerdings auch niemand zurückgewiesen.

Kapitel 43

Nach Abfertigung durch die Grenzpolizei und Erledigung des Zwangsumtausches spazierten wir dann mit dem Berliner Kollegen, der uns betreute, völlig unbehelligt (eine wichtige Feststellung, s.u.) etwa einen Kilometer zu der Ständigen Vertretung in die Hannoversche Straße.

Dort natürlich auch angemeldet, wurden wir freundlich begrüßt, auch vom Staatssekretär als Leiter der Vertretung, und hörten dann von einem seiner Mitarbeiter einen umfangreichen Vortrag über die Vertretung selbst, Grundlagen ihrer Errichtung und deren Aufgabenbereich, über die ‚DDR' und speziell Ostberlin. Danach konnten Fragen gestellt werden, es entwickelte sich ein interessantes Gespräch. So gegen die Mittagszeit hatten wir damit unser Pflichtprogramm erledigt. Uns stand nunmehr der Nachmittag in Ostberlin zur freien Verfügung.

Wir, immerhin 25 Personen, verließen die Vertretung und fanden uns vor dem Haus zu kleinen Grüppchen zusammen, um die „Hauptstadt der ‚DDR'" zu erkunden und den Zwangsumtausch auszugeben.

Wie auf Anhieb ersichtlich, wurden wir vor der Vertretung bereits erwartet. Es standen dort mehrere Männer und Frauen in Zweier-Grüppchen etwas verteilt vor dem Gebäude. Diese waren zivil angezogen, trugen aber einheitlich fast die identische Kleidung: Stoffhose, Rollkragenpulli, Lederjacke und dazu eine Handgelenkstasche, wie diese damals in Westdeutschland Mode waren. Diese gleichartige Garderobe hatte natürlich deutlich den Charakter einer Uniform. Sie sollte wohl den Eindruck vermitteln, es handele sich bei ihren Träger/innen um westdeutsche Touristen/innen.

Wir gingen dann unterschiedliche Wege, und jeder unserer Gruppen schloss sich eine der wartenden Zweiergrüppchen an. Und zwar gingen sie sehr dicht neben uns, teils sogar tatsächlich auf Tuchfühlung, und wichen uns nicht von der Seite. Damit konnten sie natürlich unsere Gespräche verfolgen. Blieben wir stehen, z.B. an einem Schaufenster, meist ohne oder mit sehr alter, vergilbter Auslage, so blieben sie auch stehen. Wir erfreuten uns also ständiger, hautnaher Begleitung und Beobachtung.

Jedes dieser Begleitungsgrüppchen hatte offensichtlich sein festes Revier. Gelegentlich blieben sie nämlich z.B. an einer Kreuzung stehen. Da sah man aber schon auf der anderen Straßenseite das neue Duo, das dann unsere Begleitung übernahm. Im Regelfall waren es zwei Männer, die unsere Bewachung, denn genau das war es, durchführten. Gelegentlich war auch eine Frau dabei, also eine gemischte Truppe. Besonders intensiv wurde diese Bewachung, je näher wir an den „Palast der Republik", im Volksmund „Palazzo prozzo" oder auch „Erichs Lampenladen" genannt, dem Sitz der Volkskammer, also des Parlaments der ‚DDR', herankamen. Dort wurden wir auch vielfältig fotografiert. Zur Abwechslung übernahm dann auch mal eine ältere Dame mit einem jungen Mann, also vermeintlich Großmutter und Enkel, unsere Beobachtung.

Mir kam angesichts dieser staatlichen „Fürsorge" der Ausspruch eines Gefangenen aus Beethovens Befreiungsoper „Fidelio" in den Sinn, der da zu seinen Mitgefangenen ermahnend singt:

„Sprecht leise, haltet Euch zurück!
Wir sind belauscht mit Ohr und Blick!"

(Ludwig van Beethoven, Oper „Fidelio"
1. Akt, 9. Auftritt, Solo Zweiter Gefangener)

Genau aber diese hier besungene Situation war es, in der wir uns in der Realität befanden.

Und diese Bewacher hatten Erfolg mit ihren Maßnahmen. Wir unterhielten uns nur über Allgemeinplätze. Und keiner sprach diese Personen auf ihre Überwachungstätigkeit an oder fragte nach Grund und Sinn ihres fragwürdigen Tuns. Wir waren alle schon etwas eingeschüchtert. Man wollte sich natürlich auch Ärger und Unannehmlichkeiten ersparen. Keiner konnte ja wissen, wie auf solche Frage reagiert werden würde. Wir hatten nämlich noch ganz aktuell das Beispiel des Kollegen vor Augen, der am Morgen wegen einer unbedachten Äußerung für den ihm erteilten staatspolitischen Vortrag quasi für fast eine Stunde festgesetzt worden war.

Derlei Erlebnisse wollte man sich natürlich tunlichst ersparen.

Wir gingen dann in eine Gaststätte und aßen zu Mittag, trotz der ungebetenen und vollends unerwünschten, uns bewachenden Tischnachbarn. Die „Leibwächter" waren uns nämlich in das Lokal gefolgt und wurden –genauso selbstverständlich- vom Ober an exakt unseren Tisch platziert.

Bei diesen Eskorten handelte es sich natürlich um Mitarbeiter des Ministeriums für Staatssicherheit (Stasi), die verhindern sollten, dass wir Kontakt zur Bevölkerung aufnahmen. Zudem wollte man natürlich auch unsere Gespräche belauschen, um so vielleicht „Staatsfeinde" auszumachen.

Und so kam einfach keine fröhliche Stimmung unter uns jungen Leuten auf, nicht einmal eine entspannte. Es wurde vereinzelt wiederholt versucht, doch wieder ins Gespräch zu kommen, aber mit Belanglosigkeiten wie dem Wetter oder der Speisekarte und einem gelegentlichen „Prosit" waren die Themen erzwungenermaßen erschöpft. Wenn ansonsten so mancher Witz oder spaßige Bemerkungen bei uns die Runde machten und in unserer ohnehin ausgelassenen Stimmung allseitig fröhliche Heiterkeit auslösten, so wurde dazu hier nicht einmal angesetzt.

Das Stimmungsbild in unserer Runde glich dem der Studenten in „Auerbachs Keller" in Goethes „Faust". Da nämlich beklagt sich der Studiosus Frosch bei seinen Zechkumpanen, die nicht recht in Stimmung kommen wollen:

„Will keiner trinken? keiner lachen?
Ich will Euch lehren Gesichter machen!
Ihr seid ja heut' wie nasses Stroh
und brennt sonst immer lichterloh."
(Frosch in Goethes „Faust" I. Teil, Auerbachs Keller)

Natürlich lag so manchem bzw. fast jedem von uns ein lustiger Spruch, ein kleiner Gag oder auch ein Witz auf der Zunge, auch über die ‚DDR', wie beispielsweise dieser:

Ein Angetrunkener schreit auf einem Marktplatz einer Stadt in der ‚DDR' laut hörbar und gut verständlich: "Scheiß

Staat!" Gegen die sofortige Festnahme durch zwei Volkspolizisten protestiert er mit der Begründung, er habe ja gar
nicht gesagt, welchen Staat er meine. Dieser Grund wird
volkspolizeilich akzeptiert und der Rufer freigelassen.

Kurze Zeit später wird er erneut festgenommen, Begründung der Volkspolizei: „Es gibt nur einen Scheiß-Staat."

Dieser oder ein ähnlicher Witz über die ‚DDR' wäre ja
am Tisch in Anwesenheit der Stasi-Beobachter nahezu tödlich gewesen, hätte den dann zwangsweisen Aufenthalt des
Erzählers in der ‚DDR' zumindest deutlich verlängert, vielleicht sogar um Jahre.

Aber jeder von uns am Tisch biss sich auf die Zunge und
so erstarb die Stimmung bereits im Keim. Damit aber hatten
unsere Stasi-Begleiter auch ihre Aufgabe, uns zu bewachen
und einzuschüchtern, erfolgreich erfüllt. Ein aus unserer
Sicht ganz besonders unerfreuliches Erlebnis und Ergebnis.

Gleichwohl hatte die Mittagsmahlzeit auch zwei gewich-
tige Vorteile gehabt. Einmal waren wir natürlich gesättigt
und zudem konnten wir durch die Bezahlung unseres Ver-
zehrs unser Ostgeld aus dem Zwangsumtausch doch schon
einmal maßgeblich reduzieren.

Kapitel 44

Nach dem Essen ging es dann weiter durch die Hauptstadt der ‚DDR', natürlich wieder mit der schon bekannten
und gleichermaßen „geschätzten", aber höchst lästigen Stasi-
Begleitung.

Auf dem Spaziergang durch die Stadt, es war eine breite-re Straße, welche, erinnere ich nicht mehr, bot sich uns ein schon besonderes Bild. Es stellte die einfache Bevölkerung dar, und die betraf es auch. Vor einem Fleischerladen stand man Schlange, nein, viele Leute bildeten eine „sozialistische Wartegemeinschaft". Das Geschäft war voll und man stand bis auf den Fußweg. Die „Wartegemeinschaft" zog sich ziemlich in die Länge, geschätzt etwa 60 bis 70 Meter. Und das in Zweierreihe.

Es ging natürlich nur sehr langsam voran, alle Warten-den standen sich geduldig und allem Anschein nach auch gelassen die Beine in den Bauch. Aber es gab ja offensicht-lich auch keine Alternative. Und das, obwohl keiner wusste, wann er wohl dran kommen würde, nach einer halben Stun-de? Nach einer Stunde? Und dann war es wahrlich die Frage, ob das gewünschte Stück Fleisch oder die Wurst, ja, viel-mehr noch, ob überhaupt noch etwas zum Kauf vorhanden sein würde. Aber man blieb - zumindest äußerlich - unver-zagt und hoffte wohl auf das Glück, doch noch irgendetwas zu erstehen - in des Wortes ureigenstem Sinn -.

Die Reihen der Wartenden wurden jedoch auch nicht kürzer, weil immer neue Kaufinteressenten hinzukamen.

Diese Situation bot mir bzw. uns eine beredte Illustration über die Versorgungssituation in der ‚DDR', es war Beweis für den Nahrungsmittelmangel, jedenfalls für die sog. kleinen Leute. Es war ja bekannt, dass Ostberlin als „Hauptstadt der ‚DDR'", schon wegen der dort ansässigen Partei- und Regie-rungskader, bei der Versorgung nicht nur mit Lebensmitteln, sondern ganz generell, sehr bevorzugt berücksichtigt wurde, und zwar sowohl in der Breite des Angebots als auch bei der Menge der einzelnen Güter.

Wenn aber trotz dieser Belieferung auf Hauptstadtniveau die Bürgerinnen und Bürger gleichwohl ein bis zwei Stunden für ein Kotelett oder ein Stück Wurst anstehen müssen, wenn sie denn überhaupt noch etwas bekommen, kann man sich ja unschwer ausrechnen, wie die Situation in kleineren Städten oder gar auf dem platten Land aussehen muss. Damit ist jedoch klar, dass das Wenige, das überhaupt vorhanden ist, meist gar nicht erst in den freien Verkauf gelangt, sondern unter der Hand vergeben wird, siehe Frau Schwisseler mit den Plätzchen für gelegentlich etwas Fleisch oder Wurst.

An dem aufgezeigten Beispiel der Warteschlange in Ostberlin hat sich doch nicht nur mir wieder einmal deutlich gezeigt, dass sich der so hoch gelobte Sieg des Sozialismus doch nicht so flächendeckend hat durchsetzen und ausbreiten können, wie die Parteioberen es dem In- und Ausland gebetsmühlenartig immer aufs Neue glauben machen wollten, und das nicht einmal in der Hauptstadt der ‚DDR'.

In der ‚DDR' musste man, wie ich es selbst vielfach erleben konnte, nicht hungern. Fast alles aber, was über das reine Stillen des Hungers hinausging, mal nämlich etwas Leckeres und gar nicht gleich eine Delikatesse, war für die einfache Bevölkerung schlichtweg nicht zu bekommen.

Es gab zwar die sog. „Delikat"-Läden, in denen Lebensmittel des gehobenen Bedarfs, also Delikatessen, zu Preisen angeboten wurden, die deutlich über denen der gängigen Kaufläden wie etwa bei HO- (Handelsorganisation) oder Konsumläden lagen, und zwar derartig hoch, dass sich die normalen Bürger der ‚DDR' diese Waren nicht leisten konnten.

Das galt in gleichem Maße für die sog. „Exquisit"-Läden, in denen luxuriöse Bekleidung und Kosmetika zu ebenfalls weit überhöhten und damit unerschwinglichen Preisen angeboten wurden.

Erschwinglich waren die Güter zu den Hoch-Preisen nur für diejenigen, die Westgeld hatten. Dies aber durften die Bürger der ‚DDR' offiziell jahrzehntelang gar nicht besitzen und später nur, wenn es Geschenke von Westbürgern waren. Und derlei Geschenke konnten nur die wenigen erhalten, die auch tatsächlich Westbesuch bekamen, denn es war streng verboten, Geld mit der Post zu schicken.

Die Versorgungslage in der ‚DDR' war schon erbärmlich schlecht, jedenfalls aus unserer West-Sicht. Aber um das zu realisieren, musste man sich schon selbst ein Bild machen, eigene Eindrücke gewinnen und Erfahrungen sammeln, und zwar vor Ort in der ‚DDR'. Keinesfalls durfte man der offiziellen Propaganda der Regierung und der Partei Glauben schenken. Die nämlich malten die Situation drüben in stets rosigen Bildern, die mit der Realität kaum etwas bis gar nichts gemeinsam hatten.

Vielleicht hatten die Ostdeutschen den Mangel auch nicht als so krass und schlimm empfunden, da sie ja eine bessere Situation bei sich gar nicht kennen gelernt hatten. Die westliche Angebotsfülle, die ja offiziell stets und nachhaltig als unwahr und nicht den Tatsachen entsprechend abqualifiziert wurde, kannten sie lediglich aus dem West-Fernsehen.

Die Bevölkerung war auch teils in Dingen des gewöhnlichen täglichen Bedarfs schlicht und einfach unterversorgt oder konnte nur Waren niedrigster Qualität kaufen, es mangelte z.B. an gutem Kaffee, Schokolade usw. Daher waren Westpakete, egal, was sie enthielten, immer auch „Wertpakete" ganz besonderer Art.

Der auch ausgedehnte nachmittägliche Streifzug durch Ostberlin führte uns bei herrlich strahlendem Sonnenschein an mehreren eindrucksvollen preußischen Prachtbauten vorbei. Leider weiß ich nicht mehr, wo es war und um welche Bauten es sich handelte.

Meine Feststellung, dass die Preußen früher doch mächtig gut und imposant im wilhelminischen Stil gebaut hätten, rief natürlich sofort unsere bayerischen Kolleginnen und Kollegen in der alten Konkurrenzsituation zwischen Preußen und Bayern auf den Plan. „Dann musst Du mal nach München kommen, was da für Bauwerke stehen."

Mit meiner Erläuterung: „Ich habe ja nicht behauptet, dass es in Bayern nicht derlei Baulichkeiten gebe, ich habe lediglich festgestellt, dass hier tolle preußische Gebäude ständen. Natürlich habt Ihr bestimmt auch richtig gute Gebäude." konnte ich die bayerischen Gemüter einigermaßen besänftigen, und jede weitere Diskussion darüber war vermieden.

Kapitel 45

Am frühen Abend orientierten wir uns dann so langsam wieder in Richtung Bahnhof Friedrichstrasse. Vor der Rückreise nach Westberlin hatten wir jedoch noch eine Aufgabe zu lösen. Alle mussten die verbliebenen Ost-Mark, für was auch immer, ausgeben. Denn es war ja verboten, Ost-Geld auszuführen. Und bei der teils peniblen Einreisekontrolle musste man damit auch für die Ausreise rechnen. Einige, so auch ich, setzten die letzten verbliebenen Mark in Flüssiges um, andere kauften Souvenirs oder ähnliche Sachen, die es in Bahnhofsnähe zu kaufen gab.

Derart um Bares erleichtert, begaben wir uns dann zu dem Grenzkontrollpunkt im Bahnhof Friedrichstrasse. Auch die Ausreise ging natürlich nicht so in Minutenschnelle vor sich, es wurde, wie erwartet, auch hier gründlich und akribisch kontrolliert. Die dabei von der Grenzpolizei meist bewusst beiläufig gestellte Frage hörte wohl jeder von uns: „Wieviel Mark der ‚DDR' führen Sie aus?" Diese Frage unterstellte ja schon die Tatsache, dass unerlaubt Geld ausgeführt werden sollte, es war quasi nur noch die Höhe zu ermitteln. Aber darauf fiel keiner herein, konnte keiner hereinfallen, denn alles verbliebene Ostgeld hatten wir ja kurz zuvor teils tatsächlich sinnlos ‚verprasst'.

Durch die gemächliche Kontrollabfertigung ergab sich für uns einige Wartezeit, die uns allerdings ein ganz besonders trauriges Schauspiel bot.

In demselben größeren Raum, durch den wir ausreisen mussten, erfolgte gleichzeitig in entgegengesetzter Richtung die Einreise nach Ostberlin.

Nun hatten ja beide deutschen Regierungen vor einigen Jahren den sog. ‚Kleinen Grenzverkehr' zwischen Ost und West beschlossen. Danach durften Bewohner der genau festgelegten grenznahen Bereiche Tagesreisen nach Ost bzw. West unternehmen. Ähnliche Reiseerleichterungen waren auch für derlei Fahrten zwischen Ost- und Westberlin beschlossen worden. Ostdeutsche durften jedoch nur als Rentner in den Westen fahren, dementsprechend auch Ostberliner nach Westberlin.

Und diese nahezu durchweg alten Ostberlinerinnen und Ostberliner standen nun in mehreren langen Reihen vor

Schaltern und warteten auf Abfertigung und Durchlass zurück nach Ostberlin. Alle standen lange mit ihren Koffern und/oder Paketen, denn es wurde nur sehr langsam, allem Anschein nach absichtlich besonders schleppend abgefertigt. Viele saßen inzwischen auf ihren Gepäckstücken, weil sie einfach nicht so lange stehen konnten.

Zwischen den Wartereihen patrouillierten ständig mehrere ganz junge Grenzpolizisten, vielleicht so ca. 18 Jahre alt. Wenn ihnen irgendetwas nicht passte oder gefiel oder sie meinten, irgendwelche Anordnungen geben zu müssen, brüllten sie die alten Menschen ganz grob an. Manchmal traten sie zusätzlich auch mit den Füßen nach den Gepäckstücken oder auch an die Beine der Rentnerinnen und Rentner, wenn sie dachten, den Gang frei räumen zu müssen. Die alten und teils bereits gebrechlichen Leute kauerten zwischenzeitlich völlig verängstigt und geduckt, einige bereits den Tränen nahe, auf ihrem Gepäck. Bei einigen war vom Aussehen her schon zu befürchten, dass sie demnächst zusammenbrechen könnten.

Das alles beeindruckte die jungen rücksichtslosen bis rabiaten Grenzpolizisten allerdings in keiner Weise. Ich hatte eher den gegenteiligen Eindruck, dass nämlich die Hilflosigkeit der Alten sie zu noch mehr Grobheiten und Brüllattacken animierte.

Aber damit nicht genug.

Plötzlich wurde einer der Einreiseschalter nach Ostberlin geschlossen und somit hier die Abfertigung eingestellt. Die enttäuschten, ja verzweifelten Gesichter nicht nur der Vorderen dieser Reihe sprachen Bände. Ihnen war nämlich schon sehr schnell klar geworden, was die Grenzsoldaten jetzt auch brüllend kommandierten.

„An Schalter 2 wird zurzeit nicht abgefertigt, die Einreisewilligen dieser Reihe schließen sich in gleicher Reihenfol-
ge hinter die Wartenden am Schalter 3 an. Und das Ganze
etwas zügig."

Es mussten sich also nun die Rentnerinnen und Rentner,
die schon wer weiß wie lange vor Schalter 2 gewartet hatten,
ganz an das Ende der langen Schlange von Schalter 3 an-
schließen. Damit hatten sie nun dieselbe lange Wartezeit
nochmals vor sich, die sie schon vor Schalter 2 so beschwer-
lich ausgeharrt hatten.

Nach den Gesichtsausdrücken völlig verängstigt und
verzweifelt, schleppten die Alten nun sich und ihr Gepäck
mühsam und mit letzter Kraft durch den großen Abferti-
gungsraum hin zum Ende der Warteschlange 3, natürlich
begleitet und getrieben von den gebrüllten Kommandos der
Grenzpolizisten.

Die alten Menschen konnten einem wirklich nur noch
sehr leidtun. Aber sie folgten gezwungenermaßen geduldig
den lauthalsen Anordnungen derer, die ihre Enkel hätten sein
können, ohne Murren und Proteste. Ein Aufbegehren dagegen wäre auch nicht nur vollständig sinnlos gewesen, es hätte
vielmehr genau das Gegenteil von dem bewirkt, was man
dadurch hätte erreichen wollen. Mit gebrüllten Anordnungen
raus aus der Schlange und ans Ende der längsten Reihe wäre
doch die zwangsläufig mindeste Folge auch nur des kleinsten
Protestes gewesen.

Diese grobe Behandlung, ja, nahezu Misshandlung der
alten Menschen, die Schikane in Reinkultur war, hat mich
sehr bewegt und regelrecht erschreckt und wütend gemacht.
Am liebsten wäre ich dazwischen gefahren und hätte die
Grenzpolizisten deutlich zurechtgewiesen. Aber mit jedem

kleinen Wort, jeder kurzen Bemerkung hätte ich mit Sicherheit den Zorn und die Aggression dieser „Ordnungshüter" unkontrolliert auf mich gezogen, was meine eigene Abfertigung natürlich maßgeblich erschwert und deutlich verzögert hätte. Und auch die wartenden Alten hätten dadurch wohl auch weitere Unannehmlichkeiten hinnehmen müssen. Also biss ich mir notgedrungen resignierend dann doch lieber fest und lange auf die Zunge.

Ich war auch sprachlos über dieses große Maß an Unmenschlichkeit, das die alten Menschen ertragen mussten, nur weil sie ihre Rechte aus dem Ost-West-Abkommen hinsichtlich des kleinen Grenzverkehrs in Anspruch nahmen. Diese grobe Behandlung der reisenden Rentner hatte natürlich Grund und System. Die ‚DDR'-Oberen wollten auf diese Weise nämlich möglichst viele Reisewillige von Besuchen im Westen abschrecken und damit faktisch das Besuchsabkommen unterlaufen.

Nach unserer letztlich dann doch noch einigermaßen problemlos erfolgten Ausreise aus „Berlin, Hauptstadt der ‚DDR'" genossen wir nach einem wahrlich erlebnisreichen Tag dann abends in fröhlicher, wieder völlig entspannter Kollegenrunde das eine oder andere frischgezapfte Bier. Aber das Entsetzen über das ‚drüben' Erlebte klang noch lange nach.

Diese ‚DDR' –Verhaltensmuster wie die Eskortierung und Bewachung von Westbesuchern und der zutiefst unmenschliche Umgang mit den reisewilligen Rentnerinnen und Rentnern, die den Staatsbediensteten sicherlich noch als kraft- und machtvolles staatliches Handeln befohlen worden waren, waren natürlich, wie auch die Grenzabschottung mit Selbstschussanlagen, der Mauerbau mit Schießbefehl und die schikanösen Behandlungen von Westbesuchern jedenfalls maßgebliche Zeichen und eindeutige Beweise für Angst, Schwäche und Unsicherheit der diktatorischen Regierung und der SED-Parteiführung. Damit war die ‚DDR' weitab von souveräner und verantwortungsvoller Staatsführung, getragen von der eigenen Bevölkerung. Sie stützte ihre Macht vielmehr auf Unterdrückung und Terror durch eigene Waffengewalt und die Unterstützung durch die Sowjetarmee. Entgegen seiner Namensführung und dem verbalen Anspruch war dieses ‚DDR'–Regime niemals auch nur im Ansatz ein demokratischer Staat.

Kapitel 46

Für das Frühjahr 1984 hatte ich einen weiteren Besuch im Merseburger Archiv vorgesehen. Nach dem Durcharbeiten eines Teils der zahlreichen Unterlagen aus dem ersten Besuch hatten sich noch einige neue Fundstellen ergeben, die nachzuarbeiten waren.

Mit Frau Schwisseler hatte ich daher vereinbart, dass ich in der Woche vor Ostern kommen und über das Osterfest noch da bleiben würde. Ich hatte dann, auch wenn der Anreisetag wegfiel, einige Tage für das Archiv. Aber die Zeit reichte auch, musste einfach reichen.

So machte ich mich dann also nach Erhalt der Reiseunterlagen am Montag, dem 16. April 1984, erneut auf den Weg nach Merseburg. Die Benutzung des Archivs musste nicht neu beantragt werden, die 1981 erteilte Genehmigung galt noch weiter. Ich hatte dem Archiv lediglich den Zeitraum mitzuteilen, zu dem ich dort erneut arbeiten würde.

Die Fahrt verlief problemlos, die Grenzabfertigung in schon gewohnter umständlicher und zeitraubender Prozedur. Zwangsumtausch hinter der Grenze und Anmeldung bei der Volkspolizei in Merseburg waren fast schon Routine, und so kam ich am späten Nachmittag in Merseburg an. Schwisselers begrüßten mich sehr herzlich, und kaum hatte ich ausgepackt, so wartete auch schon das Hausbuch auf meine neuerliche Eintragung.

„Heiko kommt wohl erst heute Abend." bemerkte ich, da er nicht zu Hause war.

„Heiko ist seit fünf Monaten bei der Armee." informierte mich Herr Schwisseler.

„Na, dann sehe ich Ihn sicherlich am Wochenende, zu Ostern. Da wird er bestimmt Urlaub bekommen."

„Heiko kommt am Wochenende nicht. Er darf nicht nach Hause kommen, solange hier Westbesuch ist. Armeeangehörige dürfen keinen Kontakt zu Westbesuchern haben." war die etwas traurige Feststellung von Frau Schwisseler, „Aber er lässt Sie herzlich grüßen."

Ich war sehr überrascht und erstaunt. Mit solcher strengen Regelung hatte ich nun überhaupt nicht gerechnet. Ich wurde richtig ein wenig traurig, hatte ich mich doch sehr darauf gefreut, Heiko wiederzusehen. Auch tat es mir nun leid, dass ich durch meinen Besuch verhindert hatte, dass Heiko zum Osterfest zu Hause sein konnte. Aber da ich nun einmal da war, ließ es sich auch nicht mehr ändern.

Ich hatte wieder einige Waren mitgebracht, Kaffee natürlich, Schokolade, Zigaretten und Gasfeuerzeuge für Herrn Schwisseler, besonders begehrte Strumpfhosen und, so ganz beiläufig, ein Päckchen Ostereierfarben. Frau Schwisseler nahm in Ihrer Bescheidenheit die Sachen etwas zögerlich, dann aber doch erfreut entgegen. Überrascht war sie von den Osteierfarben. „So etwas gibt es hier nicht. Ich habe die Ostereier sonst immer braun gefärbt, mit ausgekochten Zwiebelschalen."

Obwohl ich Frau Schwisseler gerade auch mit den Farben eine Freude bereitet hatte, überkam mich doch schon wieder ein ganz ungutes Gefühl. *Bei uns gibt es bunte Ostereierfarben in Mengen für wenige Pfennige und hier färbt man Eier mit Zwiebelschalen braun.* dachte ich so bei mir.

Ich bekam ein schlechtes Gewissen. Wieder dieser Konflikt Überfluss bei uns im Westen – Mangel hier an jeder Ecke. Erst hier in der ‚DDR' wurde mir so richtig und wird mir immer wieder klar, dass alles bei uns, wie volle Regale und große, fast unendliche Auswahl, als schon gar nicht mehr sonderlich beachtete alltägliche Selbstverständlichkeiten hingenommen und eingefordert werden und wir schon in Unzufriedenheit verfallen, wenn einmal ein gewohnter Gegenstand für einen Tag im Regal fehlt, daneben aber diverse gleichartige Artikel angeboten werden. Und hier in der ‚DDR' kaum Angebote, meist in minderer Qualität, und keinerlei Auswahl. Hier ist man froh, wenn man irgendeinen Artikel bekommt, selbst wenn man auf den lange warten muss.

In diesem Moment wünschte ich mir, dass ganz viele Westdeutsche die hiesige Situation der in ‚DDR' einmal selbst miterlebten, um unseren Überfluss auch als solchen zu erkennen und ein wenig zufriedener und dankbarer, vielleicht auch etwas demütiger damit umzugehen.

Schon kurz nach der Ankunft fühlte ich mich schon wieder bei Schwisselers wie zu Hause. Wiederum war ich so herzlich begrüßt und aufgenommen worden, als kennten wir uns schon sehr lange. Es war hier eine äußerst angenehme Atmosphäre, die ich sehr genoss.

Die nächsten Tage im Archiv waren erneut sehr erfolgreich. Mit Hilfe der auch weiterhin freundlichen und hilfsbereiten Damen fand ich alle nachgesuchten Archivalien und Unterlagen für meine Arbeit, so dass schon insoweit die Fahrt ihren Zweck erfüllt hatte.

Kapitel 47

Für das Osterwochenende hatten wir kleine Ausflüge geplant. Ich wollte gern einmal die Rudelsburg besichtigen und von dort über das Saaletal zur nahe gelegenen Burg Saaleck hinüberschauen.

Die Rudelsburg ist eine Burgruine und liegt etwa 45 km südlich von Merseburg hoch über dem Saaletal oberhalb von Bad Kösen, knappe 15 km südwestlich von Naumburg/Saale im jetzigen Land Sachsen-Anhalt.

Burg Saaleck ist in einer Entfernung von etwa 800 m gegenüber der Rudelsburg im Ort Saaleck auch hoch über der Saale gelegen. Auch Burg Saaleck ist nur als Ruine erhalten.

Beide Burgen waren in der zweiten Hälfte des 19. und am Beginn des 20. Jahrhunderts auch als Ruinen beliebte Ausflugsziele insbesondere für Wanderer und Studenten.

In dem Studentenlied „Auf der Rudelsburg" von dem deutschen Dichter Hermann Allmers (1821-1902) werden

beide Burgen und die umliegende romantische Saaleland-
schaft besungen.

Die erste Strophe dieses Liedes lautet:

„Dort Saaleck, hier die Rudelsburg,
und unten tief im Tale
da rauschet zwischen Felsen durch
die alte liebe Saale;
und Berge hier und Berge dort
zur Rechten und zur Linken,
die Rudelsburg, das ist ein Ort
zum Schwärmen und zum Trinken."

(In feucht-fröhlicher Studentenrunde wird regelmäßig
statt „Berge dort" mit „Bergedorf" scherzhaft ein Stadtteil
Hamburgs besungen.)

Diese Burgen werden in einem weiteren Studentenlied
besungen, nämlich in „Rudelsburg" von 1823, Melodie von
F.G. Fesca, Text von Franz Kugler.

Hier lautet die erste Strophe:

„An der Saale hellem Strande
stehen Burgen stolz und kühn.
Ihre Dächer sind gefallen,
und der Wind streicht durch die Hallen,
Wolken ziehen drüber hin."

Aus den letzten drei Zeilen wird deutlich, dass es sich
um Burgruinen handelt.

Da ich nun nur einen Katzensprung von Bad Kösen entfernt war, wollte ich doch einmal die „stolzen Burgen" und, vor allem, diesen „Ort zum Schwärmen und zum Trinken" kennen lernen.

Wir fuhren also durch Bad Kösen hinauf zum Parkplatz unterhalb der Rudelsburg und spazierten den restlichen Weg hinauf. Es war ein kalter Frühjahrstag, mit Temperaturen so um den Gefrierpunkt herum und von Frühling keine Spur. Der Himmel war von schweren dunklen Wolken verhangen, denen man auf dem Burgberg schon ziemlich nahe kam, fast zum Anfassen nah.

Über einen Brückenweg gelangten wir zu dem Burggebäude bzw. den verbliebenen Mauern der Rudelsburg, über die sich ein viereckiger Turm von mehreren Metern Höhe mit oben aufgesetzter Spitze in Form eines geometrischen Kegels erhob. An den teils interessanten und noch relativ gut erhaltenen Gebäudeteilen war zu erkennen, dass die Burg einmal deutlich bessere Zeiten gesehen hatte, die allerdings schon ziemlich lange zurückgelegen haben mussten. Laut Brockhaus Konversations-Lexikon (13. Band 1895, S. 1055) ist sie seit dem Dreißigjährigen Krieg (1618-1648) Ruine. Aber sie bot schon einen eindrucksvollen Anblick.

Trotz des etwas diesigen Wetters konnte man, gefühlt fast zum Greifen nahe, die Burg Saaleck sehen, im Wesentlichen die beiden noch erhaltenen Türme, die von niedrigen Mauerteilen verbunden waren. Für den Blick ins Saaletal hinab hätte man sich klare Sicht mit Sonnenschein und frisches Maiengrün gewünscht, so dagegen blieb die Landschaft doch weitgehend vernebelt.

Und kaum, dass wir uns kurze Zeit auf der Rudelsburg umgesehen hatten, entluden sich die tief hängenden Wolken und es ging mit kräftigem Wind ein mächtiger großflockiger Schneeschauer herunter. Er vertrieb nicht nur uns, sondern auch die übrigen wenigen Besucher, es war nun einfach zu ungemütlich kalt und nass.

Hier erlebten wir nun tatsächlich die Situation, die Franz Kugler in seinem Lied beschreibt:

> „und der Wind streicht durch die Hallen,
> Wolken ziehen drüber hin."

Da es inzwischen Mittagszeit geworden war, überlegten wir, in der dortigen Gaststätte etwas zu essen. Wir schauten daher kurz hinein. Es saßen da nur zwei oder drei Gäste, und das hatte auch seinen Grund. Das Lokal war derart heruntergekommen, dass es nicht nur nicht zum Essen, sondern nicht einmal zum bloßen Verweilen einlud. Der Gastraum war dermaßen verkommen, so dass schon ein kurzer Blick nach innen den Eindruck vermittelte, als sei seit Kriegsende hier nichts mehr renoviert oder überarbeitet worden. Mehrere Fensterscheiben waren zu Bruch gegangen, das Mobiliar teilweise beschädigt, die Wände stark verschmutzt und mit abblätternder Farbe völlig unansehnlich. Hier konnten und wollten wir nicht einkehren.

Notgedrungen suchte ich die Toilette auf, allerdings so kurz wie unbedingt erforderlich. Denn ich fand einen völlig verdreckten, übel riechenden Raum mit zahlreichen Spinnweben und zerschlagenen Glasscheiben vor, äußerst ekelhaft, wohin man auch sah. Hier musste über Jahrzehnte nicht gereinigt worden sein. Auch hier war offensichtlich die Zeit bei Kriegsende stehen geblieben.

Überaus zügig verließen wir die Rudelsburg und fuhren wieder nach Merseburg. Auf dieser Rückfahrt gingen mir die Gaststätte und die Toilette gar nicht recht aus dem Sinn, weil ich beides einfach in so unvorstellbar schlechtem Zustand vorgefunden hatte. Zu einem Schluss kam ich jedenfalls sehr schnell. Dies war nun ganz gewiss nicht mehr „ein Ort zum Schwärmen und zum Trinken." Der Dichter Hermann Allmers hatte also eine ganz andere Rudelsburg erlebt und vor Augen gehabt, als er die positiven romantischen Liedzeilen über sie verfasste.

Sooft ich nach diesem Besuch im studentischen Kreise das Lied über die Rudelsburg sang, hatte ich stets das Bild der total heruntergekommenen Gaststätte vor Augen. Dieser Eindruck hatte sich doch sehr prägend nachhaltig in mir festgesetzt.

Als ich bei der Abreise auf dem Weg war, Merseburg zu verlassen, musste ich natürlich wieder die Kreuzung passieren, an der der aufmerksam-gierige Volkspolizist die Westbesucher abkassierte. Kaum, dass er mich gesehen hatte, trillerte er mich mit seiner Pfeife und entsprechender Gestik auch schon an den Straßenrand. Ich folgte seiner Anordnung in der Gewissheit: *Jetzt hast Du wieder zu zahlen.*

Da ich mir keines Verkehrsvergehens bewusst war, überlegte ich, welches wohl dieses Mal sein Vorwurf gegen mich war. Um nicht als arroganter Westler zu erscheinen, stieg ich aus dem Wagen aus und wartete, bis er bei mir war.

„Sie waren eben nicht angeschnallt," hielt er mir energisch und bestimmt entgegen, „das kostet 20 Mark Verwarnungsgeld."

Sofort schoss mir durch den Kopf, dass ich ihm für diese falsche Behauptung selbst den Grund geliefert hatte, indem ich vor seinem Eintreffen ausgestiegen war. Natürlich war ich angeschnallt gefahren, wie immer, konnte dies aber jetzt, neben dem Fahrzeug stehend, nicht mehr beweisen, zumal ich ja auch keinen Zeugen dabei hatte. Ich bestritt vehement, nicht angeschnallt gewesen zu sein, ohne Erfolg natürlich. Und so zahlte ich dann letztlich das grundlos verhängte Verwarnungsgeld.

Das von dem Volkspolizisten willkürlich benannte Vergehen belegte, dass er mir tatsächlich gar kein Verkehrsdelikt hatte vorwerfen können, sonst hätte er es schon getan. Durch mein Aussteigen griff er somit – geschickt – mit Erfolg auf das vermeintlich nicht erfolgte Anschnallen zurück und hatte damit einen unwiderlegbaren Tatbestand für sein ‚Abzocken'.

Mir hätte auch schon fast etwas gefehlt, wäre ich an dieser Kreuzung von dem bereits bekannten Staatsdiener nicht zur Kasse gebeten worden.

Kapitel 48

Anfang 1990, also wenige Wochen nach der innerdeutschen Grenzöffnung, lernte ich bei einem befreundeten Ehepaar in Kiel an einem gemütlichen Plauderabend eine junge Frau und ihren Bruder aus Erfurt in Thüringen kennen. Die gastgebenden Eheleute hatten im Rahmen eines Projekts die Betreuung für zugereiste junge ‚DDR'–Bürgerinnen und -Bürger übernommen und das Geschwisterpaar zu diesem Abend eingeladen. Und, weshalb auch immer, wurde ich auch „auf ein Bier" dazu gebeten. Es war ein netter Abend, bei fröhlicher Stimmung und leckeren Häppchen wurde viel erzählt, gelacht und berichtet und auch so manches „Prosit" gewechselt.

Kurz vor Tageswechsel brachen die Geschwister dann auf. Nach dem Verabschieden und schon an der Wohnungstür im Gehen begriffen, kam die junge Dame noch einmal zu mir zurück ins Wohnzimmer, gab mir ihre Visitenkarte und meinte mit freundlichem Lächeln: „Wenn Sie mal nach Erfurt oder in die Nähe kommen, würde ich mich freuen, wenn Sie mich dort einmal besuchen würden." Ein wenig überrascht nahm ich die Karte, bedankte mich für die Einladung und ergänzte: „Vielleicht wird es ja mal was."

„Diplombiologin Sabine Wiesinger" bekundete die Karte nebst Erfurter Adresse und Telefonanschluss. Ich fand die völlig unerwartete Geste sehr nett, sah aber so spontan keine reale Möglichkeit für einen Treff in Erfurt. Damit war das Thema für den Rest des Abends für mich auch durch.

Etwa zwei Wochen später griff ich dann doch mal zum Hörer und rief bei Sabine Wiesinger in Erfurt an. Ich wollte mich doch zumindest nach dieser freundlichen Anregung nicht völlig taub stellen. Und es wurde ein sehr ersprießliches Gespräch, das weitere Telefonate nach sich ziehen sollte. Und irgendwann keimte schließlich die Idee eines Treffens in Erfurt. Ich plante ohnehin einen weiteren Besuch in Merseburg, um noch einige Unterlagen im Archiv nachzuarbeiten. Da bot es sich doch geradezu an, anschließend die Fahrt um die ca. 130 km nach Erfurt fortzusetzen und die Einladung zu einem Besuch anzunehmen. Und so planten wir dann einen entsprechenden Termin für den Mai 1990.

Ich machte mich also erneut auf in die ‚DDR'. Dies allerdings war nun meine erste Einreise bei geöffneter Grenze. Die nunmehr freie Durchfahrt war nach den vorangegangenen beschwerlichen und zeitraubenden Grenzübertritten mit stets genauesten, ja, schikanösen Kontrollen im Angesicht automatischer Schusswaffen schon ein ganz besonderes Erlebnis. Es war ein völlig unbeschwertes, entkrampftes und sorgloses Fahren, wie ich es vor Öffnung der Grenze hier nie erlebt hatte. Wie ein Traum fühlte es sich an, aus dem ich nicht aufzuwachen hoffte.

Nach drei Tagen erneut erfolgreicher Arbeit in Merseburg im Archiv und mit guter Unterkunft bei Schwisselers startete ich dann also am Freitag dieser Woche durch nach Erfurt.

Kapitel 49

Nach reichlich zwei Stunden Fahrt hatte ich dann den Stadtrand von Erfurt erreicht. Zwei Auskünfte von Passanten waren erforderlich und auch ausreichend, bis ich die Adresse von Frau Wiesinger gefunden hatte, ziemlich zentral gelegen in der Nähe des Hauptbahnhofes. Die Parkplatzsuche war kein Problem, sehr nahe gelegen fand ich einen Stellplatz. Der Bedarf dafür war auch in der Großstadt offensichtlich sehr überschaubar.

An besagter Adresse erhob sich ein mächtiger mehrgeschossiger Altbau, gebaut geschätzt etwa um das Jahr 1900. Auf mein Klingeln hin gab einen Moment später der Türsummer den Zugang zum Treppenhaus frei. Entlang an einer

Reihe von Briefkästen ging es dann treppauf in die zweite Etage. Bei den Treppenabsätzen auf den Halbetagen befanden sich Türen, die allerdings keine Wohnungstüren waren. Meine Vermutung, dass sich dahinter außerhalb der Wohnungen gelegenen Toiletten verbargen, sollte schon sehr bald Bestätigung finden.

An der Wohnungstür wurde ich schon von Frau Wiesinger und ihrer fünfjährigen Tochter Miriam erwartet, freundlich begrüßt und hinein gebeten. Hier traf ich nun auf eine andere Wohnung als bei Familie Schwisseler in Merseburg. Waren es dort 2 ½ kleine Zimmer in einem Plattenbau, so bewohnte Frau Wiesinger drei große Räume mit dem Gebäude altersgemäß hohen Decken und großen Fenstern. Das Wohnzimmer zierte ein Erker, der den Ausblick in verschiedene Richtungen ermöglichte. Der Kachelofen passte genau in das Bild dieser Räumlichkeiten wie auch die Stuckdecken.

Als Willkommensgruß gab es in der geräumigen Küche zunächst einen Kaffee und Kuchen. Beides erfrischte mich nach der längeren Fahrt.

Meine Gastgeschenke erfreuten die Damen, ein besonderer Treffer war die Puppe, die nicht nur Miriam ein Strahlen ins Gesicht brachte.

In der Küche fiel mir ein sonderbarer Schrank ins Auge, reichlich zwei Meter hoch, eher schmal und ohne Türen und Schubläden. Allein im oberen Bereich fand sich ein Griff.

„Das ist unsere Badewanne, sie wird ausgeklappt." erläuterte Frau Wiesinger auf meine neugierige Frage hin. Und schon hatte sie an dem Griff die verborgene Wanne heruntergeklappt, Wasserhahn und Duschschlauch erschienen an der Rückwand. „Nicht schlecht, sehr praktisch." bewunderte ich diese für mich neue Konstruktion. An Hochklappbarem kannte ich bislang bei uns im Westen lediglich Betten.

Nachdem ich mich im Gästezimmer niedergelassen hatte, ging es auf eine kleine Stadtbesichtigung, die strahlende Sonne lud geradezu dazu ein. Ziel war natürlich zunächst der Domplatz mit dem höher gelegenen mächtigen Dom, ein sowohl von außen als auch von innen wahrlich tief beeindruckendes Gotteshaus. Diese Basilika mit den zahlreichen Kunstschätzen und Gemälden überwältigt einfach den Besucher, man gelangt zu innerer Einkehr und wird demütig und still. In dieser unendlichen Ruhe verharrt man eine Zeitlang ganz andächtig. Der Wirkung dieses Domes kann man sich einfach nicht entziehen und ich wollte es auch gar nicht. Man wird in seinen Bann gezogen.

Nach einer Weile tritt man hinaus, wieder in den Alltag des Lebens, dem man für einen kurzen, gefühlt aber sehr ausgedehnten Zeitraum entfliehen konnte.

Beeindruckend auch die unmittelbar neben dem Dom errichtete zweite Kirche, die St. Severi-Kirche, die allerdings nicht die Größe des Domes erreicht. Beide Gotteshäuser wachen quasi über den Domplatz. Ein schon beeindruckendes Bild, diese beiden Stadtkirchen.

Es ging dann zur Krämerbrücke, die, mit alten Krämerhäusern bebaut, die Gera überspannt. Vorbei auch am Augustiner-Kloster, in dem Martin Luther als Mönch eine Zeitlang gelebt hatte, und an einem Waidspeicher. In Erfurt wurde früher langjährig aus der Waidpflanze blaue Waidfarbe gewonnen.

Auf dem Rückweg kamen wir dann zum Bahnhofshotel, dem „Erfurter Hof". Dort fand ja im März 1970 das historisch bedeutsame Treffen des damalige Bundeskanzlers Willy Brandt mit dem ‚DDR' –Ministerpräsidenten Willi Stoph statt. Zum Ärger der SED- und Staatsoberen war Brandt von der Erfurter Bevölkerung nachgerade als Hoffnungsträger gefeiert worden, als er sich nach lang anhaltenden „Willy"-Rufen den vor dem Hotel versammelten Erfurterinnen und Erfurtern kurz an seinem Hotelfenster gezeigt und ihnen unter tosendem Applaus zugewinkt hatte.

Frau Wiesinger zeigte mir genau dieses Fenster im ersten Stock des Hotels, das natürlich Berühmtheit erlangt hatte.

Nach diesem ausführlichen und sehr interessanten Rundgang mit zahlreichen Erläuterungen gab es dann bei Frau Wiesinger das Abendessen, an das sich ein gemütlicher Plauderabend bei manchem Bier anschloss.

Dabei berichtete Frau Wiesinger, sie habe an der Humboldt-Universität in (Ost-) Berlin studiert. Das überraschte mich nun erneut, nach der großzügigen Wohnung für eine Alleinerziehende mit einem Kind. Und zwar insbesondere auch deshalb, weil Heiko Schwisseler mir von den Schwierigkeiten berichtet hatte, überhaupt einen Studienplatz zu bekommen. Frau Wiesinger hatte also nicht nur irgendeinen Studienplatz an irgendeiner Universität bekommen, sondern den Platz in der gewünschten Fakultät an der renommierten Hochschule in Berlin. Das fand ich schon ziemlich erstaunlich.

Kapitel 50

Am Samstag nach dem Frühstück fuhren wir entsprechend unserer Verabredung vom Vorabend zur etwa 70 km entfernten Wartburg. Auf dem dortigen Parkplatz wies uns ein Mann in einen Stellplatz ein. Ein Parkplatzwächter, so dachte ich, sei dieser hilfsbereite Mann. War er aber gar nicht, tat jedoch so. Er hatte dort keinerlei Funktion, hielt sich aber auch nicht ohne Grund dort auf.

Als wir ausgestiegen waren, kam er auf mich zu, hatte natürlich mein West-Kennzeichen sofort bemerkt, und bot mir eine kleine Landkarte von der Wartburg und deren Umgebung zum Kauf an. „Die kostet nur zwei Mark." betonte er. Als ich ihm den Betrag in Mark (der ‚DDR') reichen wollte, schüttelte er ablehnend seinen Kopf und meinte: „Nein, nein, DM-West." Dabei griff er in seine rechte Hosentasche, holte eine ganze Handvoll Westgeld hervor und zeigte mir dies mit strahlend-triumphierender Siegermiene. Die Forderung nach DM-West erstaunte mich, war doch Mark der 'DDR' hier immerhin noch ganz offizielles Zahlungsmittel.

Der freudig-erwartungsvolle Blick des Kartenhändlers verfinsterte sich deutlich, als ich daraufhin mein Kaufangebot zurückzog. Mit einigen unflätigen Schimpfwörtern auf den „typisch westdeutschen Kapitalisten" zog er verärgert von dannen, um sich mit gleichem Geschäftsangebot dem nächsten eintreffenden Parkplatzsuchenden zu widmen.

Vor der Wartburg hatte sich eine lange Warteschlange für die Teilnahme an einer Führung gebildet. Nun schon einmal da, beschlossen wir, uns einzureihen, um die Burg auf jeden Fall geführt besichtigen zu können. Nach einer guten Stunde waren wir dann auch endlich dran und wurden nach

Zahlung des Eintrittsgeldes –natürlich in Mark der ‚DDR' –
der nächsten Besuchergruppe zugeteilt.

Und das Warten hatte sich gelohnt. Es war eine beeindruckende Besichtigung mit zahlreichen Erläuterungen durch
die Führerin. Heraus ragte aus der Fülle der Informationen
und überwältigenden Eindrücke natürlich der Saal mit den
herunterhängenden Fahnen, in dem im Mittelalter der „Sängerkrieg auf der Wartburg" stattgefunden hatte. Dieses Ereignis hatte dann im 19. Jahrhundert der berühmte Kompo-
nist Richard Wagner in seiner Oper „Tannhäuser oder der
Sängerkrieg auf der Wartburg" thematisiert und sehr an-
schaulich zu toller Musik nacherzählt.

Einer der Chöre der Oper im zweiten Akt:

„Freudig begrüßen wir die edle Halle,
wo Kunst und Frieden immer nur verweil',
wo lange noch der frohe Ruf erschalle:
Thüringens Fürsten, Landgraf Hermann, Heil!",

der zum Einzug der Fürsten in den Saal erklingt, u.a. mit
Walter von der Vogelweide und Wolfram von Eschenbach,
passt genau zu der Atmosphäre dieses großen geschmückten
Raumes.

Nicht weniger beeindruckend war natürlich das Zimmer
von Martin Luther. Luther war ja vom Reichstag zu Worms
für vogelfrei erklärt worden, da er seine reformatorischen
Thesen nicht widerrufen wollte. Daher konnte er also von
jedem Bürger berechtigt getötet werden. Daraufhin war er
1521 untergetaucht und hatte, in Schutzhaft genommen, unter dem Namen „Junker Jörg" als Mönch auf der Wartburg
Zuflucht gefunden. Hier übersetzte er die Bibel in die deut-

sche Sprache. Dabei hatte er einmal mit voller Wucht sein Tintenfass gegen die Wand seines Zimmers geworfen. Angeblich soll er beim Übersetzen der Bibel vom Teufel belästigt worden sein und deshalb das Tintenfass nach ihm geworfen haben.

Der Tintenfleck war nicht mehr an der Wand zu sehen. Er soll aber ursprünglich vorhanden gewesen und über mehrere Jahrhunderte wohl mehrfach nachgefärbt worden sein.

Nach diesem höchst beachtlichen Erlebnis der Burgbesichtigung ging es nachmittags auf einen ausgedehnten Spaziergang durch besonders schöne Teile des Thüringer Waldes. Diese weitgehend unberührte Natur zu erwandern, durch Schluchten und über Hügel umherzuziehen, war ziemlich einmalig und rundete den erlebnisreichen Tag ab.

Kapitel 51

Am Sonntag stand ein Besuch bei den Eltern von Frau Wiesinger an, die auch in Erfurt wohnten. Die besaßen ein eigenes geräumiges Haus mit sehr großem Garten in ansprechender Lage. Aber damit nicht genug. Beide Eheleute waren motorisiert, was in der 'DDR' durchaus nicht üblich war. Er fuhr einen „Wolga". Dies war ein geräumiger PKW sowjetischer Herkunft, der in der 'DDR' vielfach als repräsentativer Dienstwagen der Führungsschicht höhere Nutzung fand. Im Vergleich zu „Trabant" und „Wartburg" war es ein Luxuswagen der gehobenen Klasse.

Sie hatte einen „Trabbi".

„Ich bin noch nie mit einem ‚Trabbi' mitgefahren." bemerkte ich fast schon als Bitte. „Kommen Sie, ich fahre mit Ihnen eine Runde." griff die Dame des Hauses mein kaum verborgenes Anliegen auf. Und es ging auch sofort los.

Es war ein sehr direktes Fahrgefühl. Ich verspürte bei der kaum vorhandenen Federung des Wagens und der dünnen Polsterung der Sitze stets den nahezu direkten Kontakt zur Straße, insbesondere auf Kopfsteinpflaster oder bei Schlaglöchern. Jede Unebenheit war deutlich zu spüren und erzeugte auch mächtiges Klappern aller möglichen Fahrzeugteile. Obwohl zudem das ziemlich ungedämpfte Motorengeräusch eine Unterhaltung nur sehr bedingt zuließ, vermittelte mir Frau Wiesinger sen.: „Ich zeig Ihnen mal unseren Garten. Wir haben außerhalb der Stadt, auf einem Berg gelegen, einen Garten mit einem Häuschen darauf." „Gern, sehe ich mir gern mal an, den Garten." freute ich mich auf dieses neue Fahrtziel. Und schon knatterten wir den Berg hinauf, den der „Trabbi" mit deutlich verlangsamter Geschwindigkeit nur mühsam meisterte, zu dem Gartengelände.

Dort trafen wir auf eine Gartenkolonie, auf eine Vielzahl von großflächigen Parzellen, alle mit einem Häuschen darauf und mit einem breiten Weg als Zufahrt. Wir stiegen aus und Frau Wiesinger sen. zeigte mir deren Grundstück und ‚Häuschen'. Es handelte sich zu meinem Erstaunen nämlich nicht um eine kleine Gartenlaube, wie ich gedacht hatte, sondern um ein geräumiges und gut ausgestattetes Sommerhaus, eine „Datsche" also. Ich staunte nicht schlecht, war allerdings nach den übrigen Dingen wie dem eigenen Wohnhaus und zwei Fahrzeugen doch nicht mehr so sehr überrascht.

„Wir haben hier oben auch Telefon." erläuterte sie. Das war schon sehr ungewöhnlich. War es in der 'DDR' schon eine Seltenheit, überhaupt einen privaten Telefonanschluss zu haben, so fanden sich bei Wiesingers gleich zwei, einer davon sogar im Gartenhaus.

Frau Wiesinger sen. wurde danach – vielleicht ungewollt – ziemlich deutlich.

„Ich weiß gar nicht, wie wir eigentlich an diesen Garten gekommen sind. Um uns herum die ganze Reihe der Häuser gehört nur Stasi-Leuten."

Obwohl sie versuchte, die Unwissende zu spielen – vielleicht war sie es ja auch, was mir aber nicht glaubhaft erschien -, war für mich die Situation damit geklärt. Der Ehemann war also ganz offensichtlich bei der Stasi. Diese zahlreichen Privilegien mussten einen Grund haben und der war nun auch evident.

Es war doch klar, dass in dieser Stasi-Gartenkolonie nur auch Gleichgesinnte und, vor allem, gleichermaßen Tätige dort eine Parzelle bekommen würden. Insbesondere, wenn man berücksichtigte, dass „Datschen" regelmäßig nur vom Staat vergeben wurden, nämlich an Personen mit besonderen Verdiensten.

Bei diesen Überlegungen kam mir auch spontan in Erinnerung, dass die Tochter Wiesinger am Vorabend von teils wochenlangen Urlaubsfahrten mit den Eltern berichtet hatte, z.B. bis in den Kaukasus. Derlei Möglichkeiten und Erlebnisse standen in der ‚DDR' auch nicht gerade jedermann offen.

All diese außergewöhnlichen Bevorzugungen bei Eltern und Tochter hatten also – natürlich - ihren Grund. Und wenn Frau Wiesinger sen. mich glauben machen wollte, dass sie nichts von einer Stasi-Zugehörigkeit wisse, so glaubte ich ihr das nun einfach nicht mehr. Woher habe sie denn wohl wissen wollen bzw. können, dass sämtliche Gartennachbarn Stasi-Leute waren. Diese Tatsachen waren mit Sicherheit nicht öffentlich bekannt.

Und wer die ‚DDR'–Verhältnisse wie Frau Wiesinger sen. kannte, der wusste auch, dass all' diese besonderen Vorzüge einen konkreten Grund haben mussten und ganz gewiss auch hatten.

Wir knatterten dann also zurück in die Stadt, und ich war um ein besonderes Erlebnis, nämlich die „Trabbi"-Fahrt, und um die Kenntnis der Stasi-Zugehörigkeit dieser neuen Bekannten reicher.

Am Montagmorgen stand dann für mich die Abreise an. Sabine Wiesinger ging schon sehr früh aus dem Haus zur Arbeit. Bevor ich loszog, wollte ich noch einen Blumenstrauß als kleines Dankeschön für die gewährte Gastfreundschaft in ihrer Wohnung hinterlassen. Ich fand auch ganz in der Nähe ein Blumengeschäft.

Hier wiederholte sich meine Erfahrung aus Merseburg. Gab es da in einem Geschäft ausschließlich Orchideen, so waren hier nur rote Rosen im Angebot. Ich ließ mir einen schönen Strauß binden und stellte ihn mit einem Dankesgruß in Frau Wiesingers Wohnung.

Danach ging ich mit meinem Koffer los, zog die Wohnungstür ins Schloss, wodurch sie nicht ohne Schlüssel zu öffnen war, da sich außen ein Knauf befand, deponierte den Schlüssel verabredungsgemäß im Briefkasten und begab mich auf den Heimweg nach Kiel.

Kapitel 52

Sabine Wiesinger hatte sich nach einem neuerlichen Besuch in Kiel entschlossen, mit Tochter Miriam von Erfurt weg in den Westen zu gehen, nach Kiel oder in die Umgebung. Dort hatte sie bereits einige Bekanntschaften geschlossen, die bei dem Neustart behilflich sein konnten und auch wollten.

Gauting in der Nähe von München, das sie auch von einem Besuch kannte, hatte sie zwar zwischenzeitlich als Ziel erwogen, dann aber doch verworfen.

Diese Absicht, Erfurt zu verlassen, stieß nun allerdings auf den ganz entschiedenen Widerstand ihrer Eltern, und zwar insbesondere auch wegen der kleinen Miriam. Die Eltern Wiesinger hatten ihre Enkelin Miriam oft betreut und sie daher nun schon fast als ihren persönlichen Besitz beansprucht. Hinzu kam, dass der Vater Dieter Wiesinger in seiner herrisch-dominanten Art sämtliche Angelegenheiten für die ganze Familie zu regeln pflegte. Ohne oder gegen ihn lief da also gar nichts. Und dieser beabsichtigte Weggang war weder mit ihm abgesprochen, noch hatte er gar seine Genehmigung erteilt gehabt.

„Du kannst uns doch jetzt nicht einfach das Kind nehmen! Wir haben uns so viel um Miriam gekümmert, sie bereitwillig gern aufgenommen und versorgt, wann immer Du es wolltest. Wir haben sie quasi mit großgezogen!" lautete der wiederholte und mit Nachdruck angemeldete Besitzanspruch der Großeltern auf ihre Enkelin gegenüber ihrer Tochter. Hinzu kam, dass Sabine Wiesinger nach ihrer Scheidung bereits ihren Mädchennamen wieder angenommen hatte und diesen auch kürzlich auf Tochter Miriam hatte übertragen lassen. Damit war Miriam nun endlich auch eine „echte Wiesinger".

Trotz aller drängenden, ja, nötigenden Bemühungen ihrer Eltern gegen ihren Plan hatte Sabine Wiesinger ihre Absicht, mit Miriam nach Kiel zu gehen, nicht aufgegeben, was den deutlichen und nachhaltigen Unwillen ihrer Eltern heraufbeschwor.

Sabine Wiesinger hatte, wohl in begründeter Vorahnung, vor ihrer erneuten Fahrt zur Wohnungssuche nach Kiel das Schloss an ihrer Wohnungstür auswechseln lassen, um ihren Eltern, insbesondere dem Vater, den Zugang zu ihrer Wohnung nicht länger zu ermöglichen.

Als sie dann einige Tage später mit einen gemieteten Kleintransporter nach Erfurt kam, um den Umzug durchzuführen, erlebte sie eine böse Überraschung. Die Wohnungstür war aufgebrochen. Die Wohnung selbst war bis auf wenige Teile nahezu komplett ausgeräumt. Der Vater hatte, offensichtlich von seinem Sohn unterstützt, in Abwesenheit seiner Tochter fast deren gesamtes Mobiliar aus immerhin ihrer Wohnung weggeholt.

Dies war die Strafe der Eltern für die Absicht der nahezu 30jährigen Tochter, gegen den elterlichen Willen weg von Erfurt in den Westen zu gehen und damit den Großeltern auch noch die Enkelin zu entziehen, vor allem aber, sich dem elterlichen und insbesondere dem patriarchisch-väterlichen Willen nicht gefügt zu haben.

Dieser Wohnungseinbruch nebst Möbeldiebstahl war ein unglaublicher Akt väterlicher Selbstjustiz, der gleichzeitig eine weitere eindrucksvolle Bestätigung für meine Vermutung war, dass zumindest der Vater bei der „Stasi" war. Zu eindeutig war dies kriminelle Vorgehen gegen immerhin die eigene Tochter. In seinem Vorgehen nach ihm ganz offensichtlich bekannter und geübter „Stasi"-Manier „kannte er keine Verwandten" im wahrsten Sinne des Wortes.

Später soll der Vater als Gründe für den von ihm eingeräumten Wohnungseinbruch und den Möbeldiebstahl vorgebracht haben, er habe ja in die Wohnung gemusst, um die Blumen zu gießen, die zu vertrocknen drohten. Die abgeholten Möbel seien zudem allesamt der Tochter lediglich ausgeliehen gewesen und daher vor dem Transport nach Westen zurückgeholt worden. Beides waren gleichermaßen dreiste wie infame Lügen.

Der Kommentar der Tochter, die voller Tränen völlig fassungslos, wütend und maßlos enttäuscht ihre aufgebrochene und nahezu leer geraubte Wohnung betrachtete: „Die Wiesingers müssen anderen immer erst mal was wegnehmen."

Zu diesem Zeitpunkt ahnte sie wahrscheinlich nicht, dass sie selbst längere Zeit später ihre eigene Einschätzung „der Wiesingers" eindrucksvoll bestätigen und sich damit auch als „echte Wiesinger" erweisen sollte.

Sabine Wiesinger fand im Westen nahe Kiels nach der Wohnung auch Arbeit und über längere Zeit eine feste Beziehung zu einem Mann. Gleichwohl hatte sie nicht nur den Blick immer wieder offen für den einen oder anderen Freundesfreund, woran letztlich diese Beziehung scheiterte.

Den zunächst völlig abgebrochenen Kontakt bauten die Eltern Schritt für Schritt über die Enkelin Miriam wieder auf. Da sie merkten, dass mit Druck offensichtlich nichts auszurichten war, lockten sie Tochter und Enkelin mit einer perfiden List letztlich nach Erfurt zurück. Sie äußerten wiederholt, dass sie beabsichtigten, der Enkelin Miriam ihr Haus in Erfurt zu vererben. Auf diesen Trick hin knickte die quasi erpresste Tochter ein und zog mit Miriam nach Erfurt zurück.

Beim Rückzug ließ sie dann mehrere Sachen ihres mehrjährigen Partners „mitgehen", so u.a. ein nahezu 100jähriges Liederbuch, eine wertvolle Modellpuppe und andere Sachen auch seiner Tochter.

Wie hatte Sabine Wiesinger doch angesichts des väterlichen Wohnungseinbruchs und Möbeldiebstahls gesagt:

„Die Wiesingers müssen anderen immer erst mal etwas wegnehmen!"

Kapitel 53

Im Juli 1990, also kurz nach Inkrafttreten des Abkommens über die Währungs-, Wirtschafts- und Sozialunion der Bundesrepublik mit der noch existenten ‚DDR' am 01. Juli 1990, unterhielt ich mich mit einem Kollegen über den Titelhelden meiner Dissertation, Friedrich Albrecht Graf zu Eulenburg.

„Natürlich, das sind doch die Grafen aus Liebenberg. Auf dem Gut gibt es ein Hotel, das „Seehaus", da war ich schon zweimal." war die spontane freudige Äußerung des Kollegen. Seine genaue Kenntnis überraschte mich schon sehr, waren doch der Minister Eulenburg und seine Familie in der Öffentlichkeit nahezu der Vergessenheit anheimgefallen. Ich ließ mir die genaue Adresse geben, um in nächster Zeit dieses Hotel einmal zu besuchen.

Schon am nächsten Tag nahm ich mir den Straßenatlas und fand auch den Ort Liebenberg. Ich griff zum Hörer, bekam auch Anschluss zum Seehaus und bestellte für das übernächste Wochenende ein Zimmer für Freitag bis Sonntag.

Dementsprechend ging es also an besagtem Freitag mittags nach dem Dienst von Kiel aus in Richtung Osten ins Brandenburgische.

Der kleine Ort Liebenberg liegt etwa 50 km nördlich von Berlin im Löwenberger Land im jetzigen Land Brandenburg. Man erreicht ihn über die Autobahn Hamburg-Berlin über die Abfahrt, zur ‚DDR'-Zeit Abzweig, Neuruppin nach ca. 320 km.

Kurz vor dem Dorf Liebenberg bog ich ab und erreichte das Hotel „Seehaus" über einen Waldweg. Der Weg führte, schon in Sichtweite des Hauses, über eine Durchfahrt durch einen mehr als mannshohen Maschendrahtzaun.

Das „Seehaus" war ein gediegenes Gebäude, ein Schloss mit einem Mittelbau und zwei seitlichen Flügeln mit jeweils zwei Stockwerken. Zu dem etwas erhöhten Haupteingang des Mittelhauses führte eine Zufahrt, zur Bauzeit Anfang 1900 auch für die Pferdekutsche des Gutsherrn gedacht. Die Zufahrt war über dem Eingang großzügig überdacht. Dieses Dach, getragen an der Vorderseite von einigen Säulen, bildete gleichzeitig für einen imposanten Raum im 1. Obergeschoss den großen Balkon.

Ich parkte meinen PKW seitlich des Hauses auf einem Stellplatz und betrat es über die Auffahrt durch den Haupteingang. Die Eingangshalle, in die ich kam, vermittelte den Charakter dieses Gutshauses. Es war ein Jagdschloss. Die Wände dieser Halle nämlich zierten zahllose Jagdtrophäen von teils kapitalen Hirschen, Rehböcken und auch mächtige Hauer von Schwarzwild-Keilern. Diese Sammlung gab nicht nur Zeugnis von der Jagdleidenschaft der früheren Besitzer, sondern auch von dem Wildreichtum dieser Gegend.

Ich wurde von einer Dame, die mich bereits erwartet hatte, freundlich empfangen und willkommen geheißen. Nach Erledigung der Anmeldeformalitäten führte sie mich in mein Zimmer im 1. Stock. Es war ein sehr geräumiger Eckraum mit zugehörigem Bad und WC, wobei die fest eingemauerte Dusche allein 3 – 4 qm einnahm. Durch die Doppelfenster bot sich ein schöner Blick auf den umliegenden Wald.

Ich bezog das Zimmer und ging dann wieder die breite Treppe hinab in die Eingangshalle und von dort in der Verlängerung vom Eingang her in einen großen Raum, fast schon ein Saal. Es war das Kaminzimmer, in dem sich links an der Wand die Namen gebende Feuerstelle befand, eingerahmt von zwei Marmorsäulen. Mehrere Sitzecken waren eingerichtet, eine davon vor dem Kamin. Zu beiden Seiten dieses Raumes befanden sich Türen zu weiteren Zimmern, rechts führte eine Treppe ins Obergeschoss.

Geradeaus ging es durch eine helle Fensterwand in einen glaswandigen Wintergarten, dem sich nach draußen eine große Terrasse mit wahrlich herrlichem Blick auf den etwas unterhalb gelegenen Große-Lanke-See anschloss. Der See war ringsum eingebettet in hochbäumigen Wald.

Ein tolles Anwesen also in traumhaft schöner Natur. Und das „Seehaus" selbst befand sich in einem guten Erhaltungszustand, verglichen mit anderer Bausubstanz, die ich in der 'DDR' gesehen hatte.

Von der Betreiberin des Hotels erfuhr ich, dass dieses „Seehaus" lediglich eine Außenstelle sei, das eigentliche Schloss Liebenberg liege etwa 1,5 km entfernt im Dorf Liebenberg.

Meine Neugier war jetzt endgültig geweckt und ich beschloss, die ganze Umgebung am Folgetag, dem Samstag, zu erkunden.

Kapitel 54

Nach dem Frühstück bei klassischer Musik, die mich wie das gute Essen sehr ansprach und auch ausgezeichnet zu der Atmosphäre dieses Gutshauses passte, wanderte ich Samstag früh also los zum Dorf Liebenberg zum dortigen Schloss. Dieses Gut mit dem Schloss war ca. Mitte des 19. Jahrhunderts durch Erbschaft Sitz der Grafen zu Eulenburg geworden. Das war allerdings längst Geschichte. Wie ich erfuhr, weilte seit langem kein Eulenburg mehr auf dem Gut, es war vielmehr von der ‚DDR' vereinnahmt worden. Davon zeugten auch die Spruchbänder mit sozialistischen Parolen auf einigen Stallungen.

Das Gut Liebenberg bestand hauptsächlich aus dem Schlossgebäude selbst, Wohnhäusern für Bedienstete, einigen Ställen und einer alten kleinen, sehr hübschen Kirche. Dazu gehörte ein großer Schlossgarten mit u.a. einem Teehaus. Dieser Garten war angelegt von dem bekannten preußischen Landschaftsgärtner Peter Josef Lenne'. Ich sah mir alles mit großem Interesse an, die Gutskirche auch von innen, sie war zum Glück nicht verschlossen, und durchwanderte auch den wunderschönen Park. Dieses Anwesen faszinierte mich schon sehr.

Hier hatte also „mein" Friedrich Albrecht Graf zu Eulenburg, die Titelfigur meiner Dissertation, gelebt, der sich auch in seiner Ministerzeit 1862 bis 1878 jedes Jahr zur Sommerszeit auf diesem von seinem Bruder geführten Gut aufhielt und in dem Schloss wohnte. Das „Seehaus" hingegen hatte er nicht mehr erlebt, da es erst ca. 20 Jahre nach seinem Tod kurz nach 1900 erbaut worden war.

Es war schon ein ganz besonderes Erlebnis und auch ein sehr intensives Gefühl, auf den Spuren des Mannes zu wandeln, mit dessen Leben und Wirken ich mich einige Jahre sehr intensiv befasst und darüber ein Buch geschrieben hatte.

In einem Nebengebäude, in dem auch eine landwirtschaftliche Ausstellung und eine große Ahnentafel der Grafen zu Eulenburg zu sehen waren, traf ich einen älteren Herrn. Wir kamen ins Gespräch, in dessen Verlauf ich ihm von meinen Forschungen zu Friedrich Albrecht Graf zu Eulenburg berichtete. Dabei stellte ich fest, dass der Herr über die Grafenfamilie ziemlich gut informiert war. Da ich „meinen" Eulenburg nicht auf der Ahnentafel fand, fragt ich nach dem Grund für dessen Fehlen. „Friedrich Albrecht Graf zu Eulenburg, der preußische Minister der Bismarck-Ära, war unverheiratet geblieben und hatte keine Nachkommen. Daher steht er nicht auf der Ahnentafel.", war die Auskunft dieses kundigen Mannes.

Meine Nachfrage, ob es von den Eulenburgs noch irgendwelche Nachlässe, ein Familienarchiv oder ähnliches gäbe, erklärte er mit etwas traurigem Ton: „1945 wurde das Gut von sowjetischen Soldaten besetzt und man ging nicht gut mit dem Anwesen um. Deutlich nach Kriegsende, es mag 1948 gewesen sein, verbrannten die Besatzer Teile des Schlosses, darunter auch die gesamte, sehr umfangreiche Bibliothek. Darin befand sich zugleich das Familienarchiv der Grafen, alles wurde ein Raub der Flammen. Hier existiert nichts mehr."

Diese Mitteilung enttäuschte und betrübte mich sehr, hatte ich doch im Stillen gehofft, hier noch einige Unterlagen über die Eulenburgs zu finden.

Da es zwischenzeitlich nach zwölf Uhr geworden war, aß ich in der im Schloss befindlichen Gaststätte zu Mittag.

Kapitel 55

Anschließend ging ich zum „Seehaus" zurück und machte mich auf den nachmittäglichen Spaziergang um den Große-Lanke-See. Dieser See war natürlich Namensgeber für das „Seehaus".

Durch einen aufgebrochenen hohen Zaun, wie ich ihn bereits bei der Ankunft auf der anderen Seite des Hauses gesehen und durchfahren hatte, gelangte ich an das Ufer des Sees und wanderte los.

Es war ein traumhafter Waldweg dicht am Ufer entlang durch nahezu unberührte Natur. An einer Stelle sah und hörte ich in den hohen Bäumen gleichzeitig vier Buntspechte hämmern, ein seltenes und eindrucksvolles Erlebnis. Einige hundert Meter danach leuchtete mir das kräftige Rot zahlreicher Fliegenpilze entgegen. Große Teile des Waldbodens neben dem Weg waren aufgewühlt. Hier hatte sich das offensichtlich zahlreich vorhandene Schwarzwild gründlich und nachhaltig betätigt. Leider habe ich keines dieser scheuen Wildschweine zu Gesicht bekommen.

Es war schon ein Idyll, das ich im nachmittäglichen Sommersonnenschein genießen konnte.

Kurz bevor ich den Rundgang um den See beendet hatte, traf ich einen älteren Angler, „Petri-Jünger" also, der vom Ufer aus im See fischte. (Petrus, einer der zwölf Jünger Jesu Christi, ist Schutzpatron u.a. der Fischer.) Ich entbot ihm mit einem markanten, wenngleich nicht sehr lauten „Petri Heil" den Anglergruß, den er zunftgemäß mit „Petri Dank" erwiderte. Darüber kamen wir ins Gespräch.

„Früher durfte man hier nur ganz selten angeln. Oft war der See gesperrt und alles abgeriegelt." erklärte er. Ohne näher darauf einzugehen, fragte ich nach den Grafen zu Eulenburg und das „Seehaus". Und nun erfuhr ich ganz spontan Überraschendes und Erstaunliches.

„Eulenburgs leben schon lange nicht mehr hier. Das Gut wurde verstaatlicht und die Ländereien von der LPG (Landwirtschaftliche Produktionsgenossenschaft) bewirtschaftet. Bis zur Öffnung der Grenzen Ende 1989 waren das „Seehaus" und das Gelände drum herum von einem hohen Zaun vollständig abgeriegelt. Den Zaun haben Sie sicherlich gesehen, der wurde Tag und Nacht von Volkspolizisten bewacht. Die Laufspuren sind heute noch deutlich zu erkennen."

Auf meine Frage nach dem Grund wurde der Angler deutlicher. „Hier traf sich häufig die gesamte Staats- und Parteiführung der ‚DDR' aus Berlin. Ist doch nur eine knappe Autostunde entfernt, quasi vor der Haustür, aber immer noch weit genug entfernt, damit es in Berlin nicht auffiel. Alle Größen waren hier: der Staatsratsvorsitzende natürlich, und alle namhaften Minister und Parteioberen. Die Luxus-Autos kamen kaum unter auf dem Parkplatz."

Ich hakte nach: „Und was waren das für Feste?" „Es waren keine Feste in dem Sinne. Die hohen Herrschaften kamen ja nicht allein. Sie brachten sich Damen mit, nicht die eigenen Ehefrauen, sondern ‚Damen' aus dem ‚Milieu'. Die wurden aus Berlin hier hergefahren, um den Bonzen gesellig die Zeit zu vertreiben. Und natürlich alles auf Staatskosten, also auf unsere Kosten. Wahrscheinlich alles getarnt als Partei- bzw. Ministerialbesprechungen, mit Übernachtung natürlich." erläuterte der Hobbyfischer.

Es war deutlich zu spüren, wie der sich in Rage sprach und Wut in ihm aufkam. „Das hier war ein Puff für die Staats- und Parteiführung aus Berlin!" Ein derbes deutliches Wort dieses Mannes. Ich staunte nicht schlecht und war regelrecht sprachlos.

Einmal in Fahrt gekommen, berichtete er weiter: „Und Sekt und Delikatessen soll es in Unmengen gegeben haben. Alles war natürlich streng geheim, aber trotzdem drang einiges durch. Wir waren ja auch nicht blind, konnten manches beobachten. Und wenn der Staatsratsvorsitzende hier war, wurde der gesamte See gesperrt, natürlich aus Sicherheitsgründen. Er wollte dann nämlich im See schwimmen gehen. Dazu wurde auch der Wanderweg um den See vollständig abgeriegelt, dort gingen dann Wachpolizisten Streife. Der See durfte in dieser Zeit auch nicht mit Booten befahren werden, z.B. zum Angeln. Selbst jede Annäherung an den See war strengstens verboten. Wenn dieser Befehl bekannt gemacht wurde, wussten alle hier in der ganzen Umgebung: ‚Jetzt ist der Staatsratsvorsitzende wieder da.'"

Nun erklärte sich mir also nicht nur der zwischenzeitlich an einigen Stellen durchtrennte überhohe Maschendrahtzaun mit den Gehspuren weiträumig um das „Seehaus" herum, gleichermaßen lag in dieser besonderen Nutzung durch die Partei- und Staatsführung der Grund für den im Vergleich zu anderer alter Bausubstanz in der ‚DDR' gute Erhaltungszustand des Jagdschlosses.

Ich bedankte mich für die offenen interessanten Informationen. Dabei hatte ich den Eindruck gewonnen bzw. konnte deutlich spüren, dass der Petri-Jünger diese Mitteilungen einfach einmal los- werden wollte. Er schien danach auch richtig erleichtert und zufrieden zu sein, dass er sich in Ruhe und unbehelligt hatte aussprechen und seinem Herzen einmal Luft machen können.

Kapitel 56

Ich beendete meinen Spaziergang um den See und ging zum Abendessen ins „Seehaus".

Abends saß ich mit anderen Hotelgästen in dem Kaminzimmer, in dem wir uns bei manchem Bier und klassischer Musik über Gott und die Welt unterhielten.

Natürlich ging mir dabei immer wieder der Bericht des Anglers durch den Kopf, und ich stellte mir vor, dass genau hier die Partei- und Staatsoberen der ‚DDR' so manchen Abend verbracht hatten, genau vor diesem Kamin, vor dem ich nun saß. Es war schon ein eigenartiges Gefühl. Vielleicht wurden hier ja auch Mauerbau, Schießbefehl und andere

Grausamkeiten beschlossen, bevor sich die Führungsclique von zarten, willigen Damen verwöhnen ließ.

Vielleicht aber fanden hier auch gar keine dienstlichen Gespräche statt, sondern man suchte in dieser Abgeschiedenheit nur lukullischen Genuss und amouröse Entspannung nach den harten Arbeitstagen in Berlin.

Am nächsten Tag, dem Sonntag der Abreise, räumte ich nach dem Frühstück mein Zimmer und zahlte meinen Aufenthalt. Danach machte ich mich nochmals auf den Wanderweg um den Große-Lanke-See. Ich wollte die herrliche und wunderschöne Natur dieses zauberhaften Fleckchens Erde einfach noch einmal in aller Ruhe genießen, und das gelang auch zur vollsten Zufriedenheit.

Den Herrn, der mir am Vortag so bereitwillig die Geheimnisse des „Seehauses" offenbart hatte, traf ich allerdings nicht wieder.

Ich machte mich dann auf den Heimweg in der Gewissheit, ein interessantes Wochenende mit bemerkenswerten Neuigkeiten in gediegener Umgebung erlebt zu haben.

Epilog

Mit dem Bericht über die besondere Nutzung des „See-hauses" des Gutes Liebenberg in Brandenburg durch die 'DDR' –Führungsclique endet meine Erzählung über meine Erlebnisse, Erfahrungen und Eindrücke mit und in der 'DDR' seit 1981.

Diese waren für mich als damaligem Westler in besonderem Maße außergewöhnlich und auch weitgehend unfassbar. Sie waren mir sehr wichtige Lehren fürs Leben.

Hätte ich sie nicht selbst erlebt, hätte ich derlei Berichten Dritter nicht geglaubt.

Erst durch meine Besuche ‚drüben' ist mir klar geworden, unter welch schweren Verhältnissen unsere Landsleute in der 'DDR' lebten, leben mussten und mit welcher Kraft, Geduld und welchem Durchhaltevermögen sie die Schwierigkeiten ihres täglichen Lebens unter dem diktatorischen Druck des SED-Regimes und dessen willfährigen Handlangern zu meistern hatten und zu meistern wussten.

Der durchgängige Mangel an allen Gütern in der ‚DDR' hat mir erst sehr deutlich vor Augen geführt, in welchem Überfluss wir in Westdeutschland lebten und oft auch selbst damit noch nicht einmal zufrieden waren.

Zudem ist mir erst ‚drüben' so recht bewusst geworden, welch unermesslich großes Gut wir mit der westdeutschen und westeuropäischen Freiheit besaßen, wie umfassend wir unser Leben selbst bestimmen und gestalten, unsere Politiker frei wählen, in alle Welt reisen konnten und Meinungsfreiheit besaßen. Wir konnten die Demokratie leben und lebten sie, die die ‚DDR' –Oberen zwar auf deren Fahnen geschrieben hatten, in Wirklichkeit aber als schießwütige Diktatur Lichtjahre davon entfernt waren.

Deswegen habe ich ‚drüben' ein ums andere Mal Scham und Peinlichkeit empfunden und mir gewünscht, dass unsere unzufriedenen Westdeutschen auch nur einmal eine Woche zu ‚DDR' –Bedingungen hätten leben müssen.

Ich denke, viele wären dann, wie auch ich, etwas kleinlauter und zufriedener mit allem geworden.

Am 3. Oktober 1990 endete die Existenz der ‚DDR'.

Das erste 1990 frei gewählte Parlament der ‚DDR', die Volkskammer, hatte den Beitritt der ‚DDR' zum Geltungsbereich des damals gültigen Grundgesetzes der Bundesrepublik Deutschland mit Wirkung vom 3. Oktober 1990 beschlossen.

Bereits am 1. Januar 1957 war das Saarland der Bundesrepublik beigetreten.

Der Beitritt der ‚DDR', wie auch der des Saarlandes, erfolgte nach Art. 23 des Grundgesetzes in der Fassung von 1949.

Dieser Art. 23 GG lautete:

Dieses Grundgesetz gilt zunächst im Gebiete der Länder Baden, Bayern, Bremen, Groß-Berlin, Hamburg, Hessen, Niedersachsen, Nordrhein-Westfalen, Rheinland-Pfalz, Schleswig-Holstein, Württemberg-Baden und Württemberg-Hohenzollern. In anderen Teilen Deutschlands ist es nach deren Beitritt in Kraft zu setzen.

Mit dem Beitritt wurde die ‚DDR' am 3. Oktober 1990 Teil der Bundesrepublik Deutschland und damit Deutschland nach über 40jähriger Teilung wiedervereinigt.

In dem Beitrittsgebiet wurden die neuen Bundesländer Brandenburg, Mecklenburg-Vorpommern, Sachsen, Sachsen-Anhalt und Thüringen gebildet, Ostberlin und Westberlin wurden zu Berlin zusammengeschlossen.

Das vereinigte Berlin wurde 1999 Hauptstadt der Bundesrepublik Deutschland.

Gerhard Lange, Jahrgang 1946, ist promovierter Verwaltungsjurist i.R. Er ist verheiratet, hat eine Tochter aus erster Ehe und lebt in seinem Geburtsland Schleswig-Holstein. Neben seiner rechthistorischen Dissertation hat er einen satirischen Beamtenroman und eine Erzählung über die Eutiner Opernfestspiele veröffentlicht, an denen er seit 1999 als Chorsänger mitwirkt.

Herstellung und Verlag:
BoD- Books on Demand, Norderstedt
ISBN: 978-3-7460-9949-1